SCEAUX. — IMP. CHARAIRE ET Cie

PETITE BIBLIOTHÈQUE DIAMANT

CHARLES NODIER

MADEMOISELLE DE MARSAN

PARIS
L. BOULANGER, ÉDITEUR
90, BOULEVARD MONTPARNASSE, 90

PREMIER ÉPISODE

LES CARBONARI

PARMI les anciens émigrés qui m'avaient accueilli à Venise avec bienveillance, en considération de ma qualité de Français, de mes opinions et de mes malheurs, il en était un qui m'inspirait le plus profond sentiment de respect et d'affection. C'était M. de Marsan.

M. de Marsan, dont quelques vieux courtisans se souviennent peut-être, avait été un des plus brillants officiers de la maison militaire de Louis XVI. Sa belle figure, ses belles manières, son esprit, son courage, l'avaient fait remarquer dans un temps et dans une cour où ces heureuses recommandations personnelles n'étaient pas fort rares. Il leur dut un avancement rapide qui n'excita aucune réclamation, et un établissement considérable que tout le monde approuva. Sa fille, née en 1788, fut tenue sur les fonts de baptême, au nom de la reine de France, par celle des amies de cette auguste et infortunée souveraine qui jouissait du crédit le mieux affermi à Versailles. La fille de M. de Marsan s'appelait Diana.

M. de Marsan, cassé d'ailleurs par les fatigues de la guerre, était vieux en 1808; il s'était marié à trente-cinq ans et avait perdu trois enfants avant que le ciel lui accordât la fille unique dans laquelle s'étaient enfin concentrées toutes ses affections. Mme de Marsan, attachée au service de Mesdames, sœurs du roi, avait peu survécu à leur établissement à Trieste.

Elle les précéda au tombeau.

Le vieil émigré retirait au moins quelque profit de ses longues infortunes : il était devenu philosophe. Assez riche à son gré d'une aisance modeste, sagement préservée par des précautions prises à propos de la catastrophe universelle, il passait paisiblement le reste de sa vie entre d'agréables études et des distractions sédentaires. Le goût de l'histoire naturelle nous avait subitement rapprochés et j'étais fidèle à son piquet de chaque soir. Aussi sa prédilection pour moi, entre tous les jeunes gens dont il aimait l'entretien, avait pris en peu de temps quelque chose de paterne dont Diana aurait eu le droit d'être jalouse. Je ne me suis jamais aperçu qu'il attachât beaucoup d'importance à cette vanité, réellement assez puérile, qu'on appelle le préjugé de la noblesse, et cependant je suis bien convaincu qu'il regrettait quelquefois que je ne fusse pas noble, au point de faire sur lui-même un certain effort pour l'oublier.

— A vous, monsieur le chevalier, me disait-il un jour en me donnant des cartes.

Et je ne sais dans quelle crypte de mes souvenirs, close depuis vingt ans, je vais retrouver cette historiette frivole.

— Je ne suis pas chevalier, m'écriai-je en riant, avant de les avoir déployées.

— Sur ma foi de chrétien, reprit M. de Marsan, les gentilshommes de ma maison en ont armé plus d'un qui était moins digne de cet honneur.

— Je suppose, répondis-je en me levant pour aller à lui, que ce n'était pas sans leur donner l'accolade !

Et je l'embrassai de grand cœur, car j'ai toujours attaché un prix extrême à l'affection des vieillards.

Il fallait pourtant lui passer un entêtement violent et passionné sur une question qui revenait souvent dans les conversations de ce temps-là. Le nom seul de révolution lui causait une révolution véritable, et quoiqu'il regardât le prochain rétablissement des Bourbons sur le trône de leurs pères comme un événement infaillible, il s'était promis de ne jamais retourner à Paris, dont toutes les pierres lui semblaient baignées encore dans le sang des proscriptions. Cette antipathie contre tous les mouvements politiques du même genre n'épargnait pas les conspirateurs de son propre parti, et, dans sa résignation aux décrets équitables et assurés de la Providenee, il blâmait amèrement les insensés qui cherchent à en précipiter l'accomplissement, sans égard aux sages temporisations de la prudence de Dieu. L'idée dont je parle se manifestait si vite et si fréquemment dans ses discours, qu'elle m'avait détourné de bonne heure de lui communiquer tous les secrets de ma turbulente jeunesse, et bien plus encore les rapports que j'avais noués, à mon arrivée à Venise, avec les *Carbonari* et les émissaires de la *Tungend-Bund*, dont le nom ne lui inspirait pas moins d'horreur que celui des jacobins. Il faut convenir, au reste, que je commencais à me sentir quelque tendance pour son opinion, avant même de la connaître, et que je n'étais plus guère retenu dans le périlleux réseau des sociétés secrètes que par l'impossibilité de le rompre sans violence. J'avais vingt-six ans, éprouvés par des adversités presque sans exemple à mon âge, et le goût des occupations douces et des loisirs studieux me me rappelait incessamment à un autre genre de vie que je n'aurais jamais dû quitter ; mais il arrivait de temps en temps aussi que mes passions orageuses reprenaient le dessus et me replongaient dans un nouveau chaos d'agitations et de misères dont mon cœur ne pouvait se délivrer qu'en s'attachant fermement à l'espérance de quelque bonheur durable.

C'était ce bonheur que mon imagination insensée s'obstinait à chercher dans l'amour.

Diana de Marsan avait vingt ans, et ne paraissait pas moins ; car son teint vif et brillant d'ailleurs mais un peu hâlé, comme l'est en général celui des Vénitiennes, manquait de cette fraîcheur qui est à la peau d'une femme ce qu'est aux fruits recueillis sur l'arbre le duvet fugitif qui les colore. Sa taille, grande et assez robuste, donnait à son aspect quelque chose d'imposant que relevait encore l'expression ordinaire de sa physionomie. On ne savait ce qui l'emportait dans son regard triste et fier, dans le frémissement inquiet et hautain de ses sourcils, dans le mouvement méprisant et amer de sa bouche, de l'habitude d'un chagrin caché ou d'un désabusement dédaigneux. C'est ainsi que le statuaire antique a représenté cette Diane vraiment divine, que le ciseau du sculpteur a fait la digne sœur d'Apollon, comme la mythologie; et cette impression ne m'était pas toute personnelle auprès de Diana; car le plus accrédité des poètes de l'époque lui reprochait à la fin d'un de ses sonnets, d'être formée d'un marbre aussi froid que celui de Velletri. Diana était d'ailleurs, de l'aveu de tout le monde, la plus belle des jeunes filles de Venise.

Le cœur de l'homme, et surtout celui des amants, s'irrite par les difficultés. J'aimai Diana avec d'autant plus d'ardeur peut-être que tout me disait en elle qu'elle ne voulait pas m'aimer. Quant aux suites de ce sentiment, elles n'avaient rien qui fût capable de m'effrayer. La fortune de Diana était trop médiocre pour tenter des prétendants redoutables, et la condition d'un vieux gentilhomme français exilé au bord des lagunes ne promettait pas plus de chances à l'ambition d'un gendre qu'à sa cupidité. Ma position à venir devait au contraire s'agrandir, selon toute apparence, par le triomphe de mon parti, dont M. de Marsan ne doutait pas. J'avais tant hasardé, j'avais tant souffert, et les rois heureux sont si reconnaissants !

Diana ne se méprit pas sur la passion qu'elle m'inspirait : les femmes ne s'y méprennent jamais. Je ne m'aperçus cependant de sa découverte qu'au rembrunissement sinistre de son regard et à la mesure de plus en plus sévère qu'elle gardait envers moi dans ses paroles. Je me serais expliqué cette rigueur toujours croissante de procéder par la différence de nos conditions, car je savais déjà ce que c'est que l'orgueil de la noblesse, et comment il peut affecter les formes de la haine, si Diana eût été informée de cette circonstance, mais j'ai déjà dit que M. de Marsan tenait avec opiniâtreté à m'anoblir, et depuis le jour mémorable où j'avais reçu de lui l'ordre de chevalerie, d'un côté à l'autre d'une table de jeu, le titre de chevalier s'était tellement identifié avec le nom honorable, mais obscur, que j'ai reçu de mes ancêtres, que les Chérin et les d'Hozier n'auraient osé me le contester. Il suffit de connaître le génie hyperbolique des Vénitiens, surtout dans la classe du peuple, pour être sûr d'avance que la politesse des domestiques ne s'était pas arrêtée à si peu de chose. J'étais comte au moins à l'antichambre, et comte illustrissime, si je n'étais que tout juste aussi bon gentilhomme qu'il le fallait au salon. J'avais fini par n'y prendre plus garde, et je subissais sans façon une métamorphose qui humiliait un peu ma franchise et ma modestie, pour ne pas blesser la vanité capricieuse, mais innocente, d'un grand seigneur dans lequel j'avais trouvé un ami.

Je m'étais bien promis de commencer avec Daina par cette explication, quand elle m'aurait donné le moindre signe de condescendance à mes sentiments; mais elle m'en épargna l'embarras Sa froideur passa rapidement jusqu'à la rudesse, son indifférence jusqu'au dédain. Au bout de quelques jours il n'y eut plus moyen de s'y tromper, et un homme plus convaincu que je ne le fus jamais de son ascendant sur le cœur des femmes, n'aurait pas hésité à renoncer comme moi à des prétentions sans espérance. Quelques jeunes gens de Venise, mieux fondés dans leurs démarches, m'avaient déjà montré d'ailleurs l'exemple de ce sacrifice.

Je ne boudai pas. Il ne m'aurait manqué que cela pour être complètement ridicule. Je ne pleurai pas non plus. On ne pleure que lorsqu'il faut perdre l'espoir d'être uni à la femme dont on est aimé. Je m'indignai, je me révoltai contre moi-même, je me rongeai les poings de colère; je prétextai des indispositions, des occupations, des voyages, pour expliquer la rareté de mes visites; je jouais gros jeu, je me battis en duel, et puis je me rejetai avec frénésie dans les complots téméraires dont j'avais cru un mois plus tôt me séparer à jamais. Je me réjouis de l'idée de mourir d'une manière tragique et glorieuse, pour qu'elle eût honte de m'avoir méprisé. Je me berçai dans cette fantaisie furieuse de conspirations, de proscriptions et de supplices, comme dans un rêve d'amour et de volupté. En un mot, je redevins fou.

Nos assemblées se tenaient aux environs de Rialto, dans l'appartement le plus délabré d'un vieux palais qui était lui-même abandonné depuis longtemps, et dont je ne désignerai pas le propriétaire, que sa haute position actuelle dans une cour d'Allemagne a probablement désabusé de nos folles théories populaires. Il n'y paraissait point, mais il en avait laissé la disposition à un de nos chefs, en se retirant dans la campagne de Venise, et peut-être un peu plus loin du danger. Il est presque inutile de dire de quelle espèce d'hommes se composaient ces réunions clandestines. On peut le deviner sans avoir une grande habitude des trames politiques, et même sans s'être livré à une étude approfondie de l'histoire. Cinq ou six jennes gens sensibles et généreux, mais aigris par les malheurs de l'humanité et par les excès des tyrans, y tenaient tout au plus une place imperceptible, et, peu à peu détrompés comme moi, ils l'occupaient de jour en jour plus rarement : le reste, c'était ce qu'est partout la foule des ennemis de l'ordre établi, quel qu'il soit; une cohue d'ambitieux sans talents dont les prétentions s'accroissent et s'irritent en raison de leur nullité; des hommes perdus de dettes, de mœurs et de réputation, vils rebuts du pharaon et de la débauche; et quelques misérables cent fois plus vils encore qui n'attendent que l'occasion de vendre au premier pouvoir venu la liste de leurs complices ou de leurs victimes au prix d'un or infâme et d'une ignominieuse impunité. Ce jugement est celui que je commençais à en porter dès lors, mais il était moins général, et surtout moins arrêté dans mon esprit. Il faut avoir revu cela partout pendant le cours d'une trop longue vie, pour être arrivé à y croire.

On conviendra que mon ambition de mort n'était pas tout à fait aussi vainement présomptueuse dans une pareille assemblée que mes projets d'amour auprès de Diana. J'avais des chances, et peu d'hommes, en vérité, auraient consenti à les courir à ma place; car le succès, presque étranger aux destinées de mon pays et à la mienne, ne devait pas même me procurer la faible satisfaction que nous donne un coup de partie dans la main d'un inconnu au jeu duquel nous nous sommes intéressés par hasard. Dans le cas contraire, c'était différent; le bourreau emportait mon enjeu. Cette prodigalité insensée de la vie est l'effet d'une passion sans nom, qui peut se faire comprendre que de ceux qui l'ont éprouvée, et il n'y a pas de mal.

Les associations de l'espèce de la nôtre marchaient à découvert dans tout le pays où Napoléon n'avait pas daigné laisser en passant son administration et ses soldats. Elles y agissaient avec liberté, non publiquement avouées par les cabinets, qui n'avaient pas ce courage, mais flattées, enhardies et protégées sous main, avec plus d'astuce que d'habileté, moyennant une certaine réserve mentale dont il serait à souhaiter que le secret fût connu de tous les hommes sincères et dévoués qui engagent leur vie à la défense des couronnes, c'est-à-dire sauf l'intention lâchement préméditée de les sacrifier au besoin à une combinaison de paix. Cette organisation, cependant, aurait été incomplète si elle n'avait pas pénétré jusqu'au cœur des États déjà soumis au grand empereur par les victoires et les traités, et il n'était pas une ville où l'on ne trouvât les éléments nécessaires à son développement. Tel était le but de ces audacieuses propagandes de la liberté européenne qui soulevaient çà et là des barrières d'hommes contre l'oppresseur du monde; postes aventureux d'éclaireurs jetés au-devant de la sainte coalition des peuples dans le camp de l'ennemi, et qui auraient été si puissants s'ils avaient été plus purs. J'abuse jusqu'à un certain point des privilèges du conteur, en introduisant cette page d'histoire dans un petit écrit dont la forme n'annonce qu'un roman; mais elle ne sera comptée que pour une page de roman par quiconque n'a pas vu l'histoire de près; et de tous les jugements qu'on en peut porter, c'est celui qui m'inquiète le moins.

Le but primitif du *carbonarisme* de ce temps-là, qui n'avait rien de commun avec celui dont nous voyons aujourd'hui se manifester l'œuvre informe, comme ces monstres gigantesques et hideux qui jaillirent du chaos dans les premières journées de la création, était donc certainement le plus noble qu'une conspiration pût se proposer. Il n'avait pour objet que la pieuse fédération des patriotes de tous les pays contre les progrès d'un insatiable despotisme qui aspirait sans déguisement à la monarchie universelle, et cadastrait l'Europe en préfectures pour la donner à ses capitaines. Cette pensée magnanime avait remué profondément les esprits partout où l'indépendance et le bonheur de la terre natale étaient encore tenus pour quelque chose, mais plus particulièrement l'Italie et l'Allemagne.

Le mouvement imprimé à la pensée des peuples par ces graves questions en avait soulevé d'autres. A forces de s'occuper des garanties de l'équilibre universel, on exhumait tous les jours quelques débris des libertés anciennes que les usurpations progressives du pouvoir détruisent lentement, et qui sont une propriété imprescriptible pour les nations. L'occasion était belle pour les réclamer; et c'est alors qu'arriva ce qui n'était jamais arrivé au monde, et ce qui n'arrivera peut-être plus : une stipulation amiable, solennellement promise entre les populations et les rois, jurée dans les palais, gardée dans les chaumières, et dont les termes synallagmiques étaient, d'une part : *Résistance unanime aux armées de Napoléon;* et, de l'autre : *Franche et entière reconnaissance des droits politiques anciennement écrits dans tous les États de l'alliance.* Il est possible que ce contrat ne se retrouve pas dans les documents officiels de la diplomatie; et je ne vois pas que l'histoire en ait beaucoup parlé jusqu'ici. Mais l'histoire ne sait rien en France et ne dit ailleurs que ce qu'on lui fait dire, quand on lui permet de parler. Cette combinaison accidentelle d'intérêts si cruellement trahis par l'événement, fut, du reste, beaucoup trop passagère pour être saisie dans tous ses détails par les observateurs les plus soudains et le plus avantageusement placés.

On comprend qu'elle avait donné une grande importance à la position des sociétés secrètes devenues, pour la première fois, dans le vieux système européen, une autorité légitime, et qui n'aspiraient pas encore à remplacer toutes les autorités légitimes pour essayer de la tyrannie à leur tour.

Elles n'en profitèrent pas alors. La diffusion des égoïsmes, des ambitions et des vanités se fait sentir trop vite pour cela dans ces tristes conciliabules, empreints de tous les vices de la société mère dont ils se séparent. Deux mois ne s'étaient pas écoulés, que l'unité première était brisée en quatre ou cinq fractions dans la *vendita* suprême et dans toutes celles qui en dépendaient. L'une avait pris les termes du traité dans une acception si large, qu'elle n'entendait faire servir la victoire qu'à l'émancipation absolue du peuple, et au rétablissement de cette funeste démocratie dont Venise conservait un sanglant souvenir. L'autre, qui ne pouvait manquer de réunir la majorité en recrutant au moment décisif, par l'ascendant de l'intérêt, les hommes indécis et les hommes corrompus, avait fait bon marché à l'Autriche, par un pacte secret, de ces libertés du pays si vainement réservées. Quelques-uns passaient pour entretenir des intelligences mystérieuses avec le gouvernement de Napoléon et se ménager ainsi une transaction dorée en cas de défaite. Le parti le moins nombreux, mais certainement le plus énergique et le plus pur, n'avait engagé sa coopération intrépide et sincère que sous la condition expresse de l'indépendance des États vénitiens et de la restauration de leur ancienne république. Il s'appuyait au dehors sur l'imposante coalition des montagnards, et il avait pour chef un de ces hommes résolus, à longue vue et à puissante exécution, dont le nom seul vaut tout un parti.

Ce chef s'appelait Mario Cinci, surnommé le *Doge*, et c'est à ce parti que des sympathies particulières m'avaient rattaché.

Mario Cinci descendait de cette malheureuse famille romaine dont le crime exécrable n'a cependant pas tari pour elle toutes les sources de la pitié, et qui a fourni l'exemple unique d'un supplice de parricides, arrosé des larmes de la religion, de la justice et du peuple. Le frère cadet de Béatrice, banni à perpétuité des États de l'Église, s'était réfugié dans un vieux château des bords du Tagliamente, où la tradition rapporte qu'il mourut frappé de la foudre dans un âge assez avancé. Une fatalité vengeresse s'était appesantie depuis de génération en génération sur chacun de ses descendants, dont l'histoire chronologique compose une tragédie à plusieurs actes, comme celle des Pélapides. Le dernier était mort sur l'échafaud de la révolution italienne, et de ce sang proscrit par les lois et par le ciel, il ne restait sur toute la terre que Mario Cinci.

La jeunesse de Mario, commencée sous de si funèbres auspices et privée de tout appui dans la société des hommes, avait été violente et redoutée; il semblait même qu'aucun sentiment doux n'en eût tempéré les emportements, car la seule pensée d'être aimées de lui était un sujet de terreur pour les Vénitiennes, qui n'en parlaient qu'avec un mouvement de frisson. Il ne paraissait jamais dans les lieux publics; mais lorsqu'il parcourait une des rues étroites de la ville, ou seul, ou tout au plus accompagné de quelques amis presque aussi mystérieux que lui-même, les hommes les plus aguerris se retiraient de son passage, comme pour se dérober à l'influence de ses regards. Cependant, et ceci était propre à ce caractère étrange, ou à je ne sais quelle sombre impression d'effroi qu'il produisait sans le savoir, on le craignait sans le haïr, ainsi qu'on craint les lions; et il n'y a pas loin de ce sentiment à ces admirations si exaltées qui deviennent quelquefois un culte. Personne ne pouvait lui reprocher un acte injuste ou une cruauté réfléchie, et on racontait au contraire une multitude d'actions généreuses, mais exécutées sans tendresse et sans sympathie. Souvent il avait sauvé des enfants de la mort en les retirant des flots, et jamais il ne les avait embrassés.

Depuis l'âge de vingt ans, et il en avait alors vingt-huit, sa fortune, épuisée en prodigalités aveugles et en dissipations bizarres et solitaires, l'avait réduit à se retirer dans son triste château de la terre-ferme, avec un seul domestique albanais qui n'avait pas voulu le quitter. Dès lors il ne rentrait de temps en temps à Venise que depuis qu'on voyait reprendre un nouvel aspect, au moins en espérance, aux affaires de l'Italie. On remarquait qu'il y avait passé jusqu'à deux mois de suite, mais on ne connaissait pas sa demeure.

Quoique Mario Cinci fût le chef réel de la *vendita*, où son empire s'accroissait même de son absence, je ne l'avais jamais vu ni à la *vendita*, ni ailleurs, mais je connaissais ces détails par la voix du peuple, qui est plus communicatif à Venise qu'en aucun autre pays.

En effet, Mario Cinci n'avait pas débarqué aux environs de la *Piazetta*, que le peuple en était instruit de tous côtés, le peuple amoureux de l'extraordinaire et qui se prévient volontiers en faveur des caractères qui le dominent et qui l'épouvantent : et il s'élevait alors, dans les groupes du port et de la place Saint-Marc, des conversations presque aussi étranges que l'homme qui en était l'objet.

— Que vient faire ici, disait l'un, ce démon de malheur qui porte les calamités après lui partout où il se présente, et qui n'aborde à Venise que sous le vent de la tempête ? Annonce-t-il quelque peste qui a éclaté en Orient, ou une nouvelle guerre sur la mer ? Je croyais qu'il avait été foudroyé dans sa tourelle au dernier orage, comme le bruit en a couru ; car jamais un Cinci n'a échappé depuis trois cents ans aux fléaux du ciel, au poignard ou à l'échafaud !

— En vérité, répondait un autre, je n'en serais pas fâché, quoiqu'il m'ait fait plus de bien que de mal quand il en avait le moyen ; mais parce que je n'en aurais plus le souci, et qu'il faut bien que cela lui arrive tôt ou tard, puisque c'est sa malheureuse destinée. Dieu lui fasse miséricorde en l'autre monde !

— Eh quoi ! s'écriait un troisième qui paraissait plus instruit et autour duquel le groupe se resserrait pour mieux entendre, ne savez-vous pas encore ce qui l'amène ? Tout enfant, le noble Mario ne pensait qu'à ressusciter notre vieille république avec son indépendance et son commerce, et ses vaisseaux rois des mers et du monde, et sa foi abandonnée par les mécréants, et la bienheureuse assistance de saint Marc ! Et comme il a plus de courage et de génie dans son petit doigt que tout le peuple d'Italie c'est lui qui nous délivrera des Allemands et des Français, et qui sera notre doge. Vous savez que je ne l'aime point, et je n'ai jamais entendu dire que Mario fût aimé de personne ; mais j'atteste Dieu que Mario Cinci sera doge de Venise et rétablira sa prospérité !

Ces propos se répétaient tous les jours ; et la populace, qui se tenait avec soin éloignée de Mario, de crainte d'exciter sa colère, criait à son retour : *Vive Mario Cinci ! Vive le doge de Venise !*

Voilà pourquoi on l'avait surnommé le *Doge*, sans que le gouvernement en prît beaucoup d'inquiétude, car Mario ne passait que pour un misanthrope atrabilaire qui méprisait trop l'opinion pour consentir à lui devoir attribuer la moindre importance, et il est possible que ce jugement se trouvât vrai.

Le jour de ma rentrée à la *vendita*, l'assemblée était peu nombreuse, quoique la convocation, qui s'exécutait par un moyen fort ingénieux et tout à fait impénétrable aux investigations de la police, eût été exprimée dans cette circonstance sous ses formules les plus rigoureuses. Je m'étonnai que tant de monde y eût manqué et que tout le parti de Mario y fût cependant réuni, en présence de ses adversaires les plus implacables ; mais je ne tardai pas à comprendre qu'on avait écarté à dessein les indifférents, parce qu'il s'agissait sans doute d'une lutte décisive dont nous pressentions depuis longtemps la nécessité. Il n'était en effet question dans nos débats ordinaires que des griefs imputés à Mario par les hommes de l'association que nous avions le plus de motifs de mépriser, et que j'ai assez caractérisés tout à l'heure. Alors rien n'était oublié de ce qui pouvait nous le faire regarder comme un ambitieux animé par des intérêts personnels, qui n'aspirait à une nouvelle forme de gouvernement que pour rétablir l'éclat de sa maison et venger la mort de son père, et qui couvrait d'un égal dédain ses instruments et ses ennemis. Nous ne répondions d'habitude à ces déclamations odieuses que par le cri du peuple : *Vive Mario Cinci !* et nos discussions n'allaient pas plus loin. Ce qui ne s'expliquait pas pour moi dans cette dernière occasion, c'était la confiance que le parti contraire pouvait fonder dans ses forces contre ce groupe déterminé de jeunes enthousiastes dont l'héroïsme fanatique m'avait seul soutenu dans la foi de nos entreprises. Il est probable que la même idée nous frappa tous à la fois, car, au même instant, tous nos poignards sortirent d'un tiers hors du fourreau, mais nous les laissâmes retomber en criant : *Vive Mario Cinci !* parce que nous étions en nombre presque égal avec ses accusateurs, que notre jeunesse, notre force et notre courage nous donnaient sur eux des avantages certains, et que notre opposition prononcée avec cette énergie menaçante suffisait pour rendre la délibération impossible.

— C'est Mario Cinci que vous voulez ! répondit avec fureur le chef de l'accusation. Eh bien ! vous aurez sa tête !

— Viens la prendre, dit une voix qui s'éleva au même instant à la porte d'entrée, pendant que l'homme qui prononçait ces paroles se hâtait de la refermer soigneusement, et d'en retirer la clef pour la glisser dans les plis de sa ceinture.

Vive Mario Cinci ! répétèrent mes camarades, et nous nous pressâmes à ses côtés pour lui former un rempart si on osait l'attaquer. Je le vis alors pour la première fois, mais je ne pourrais le peindre que bien imparfaitement pour ceux qui ne le connaissent pas, et surtout pour ceux qui l'ont connu. L'écrivain qui la représente sous les traits d'un ange de lumière incarné avec *toute* sa beauté dans le corps d'un Titan, a fait une phrase ambitieuse et rien de plus. Il y avait en lui un autre type que je ne saurais exprimer, celui d'un dompteur de monstres des temps fabuleux, ou d'un géant paladin du moyen âge. Un moment je le crus coiffé comme Hercule de crinière d'un lion noir ; c'étaient ses cheveux.

Il parcourut lentement la salle en se balançant sur ses hanches avec une nonchalance sauvage, s'accouda sur la table des dignitaires en poussant un rire farouche, et répéta : « Viens la prendre ! » La voûte en retentit.

Il se retourna ensuite de notre côté, secoua la tête et croisa les bras.

— C'est que les victimaires ont tout amené, dit-il Où sont préparées les guirlandes ? Cela ferait certainement un sacrifice agréable à l'enfer, si les pourvoyeurs des démons en étaient où ils pensent ! Donne-moi la main, cher Paolo. Bonjour, Annibal, mon Patrocle et mon Cassius ! Tout à toi, Félice ! à toi, Lucio, dignes et intrépides enfants ! Courage, mon petit Pétrovich ! ta moustache martiale s'épaissit; la poudre la noircira. Qui est celui-ci ? continua-t-il en s'arrêtant d'un pas au-devant de moi ? Je dois le reconnaître à sa grande taille presque aussi élevée que la mienne, ainsi qu'on me l'avait dit. C'est le voyageur français que notre ami Chasteler nous a si vivement recommandé. — Quel dessein vous proposez-vous, jeune homme, dans les événements qui se préparent ?

— De vous servir contre toutes les tyrannies et de mourir avec vous si vous êtes surpris avant l'accomplissement de votre vertueuse entreprise ; mais je dois déclarer que je briserai mon épée sur le champ de bataille le jour où les Français y seront.

— Bien, bien, reprit Mario en me regardant fixement. Le lien qui nous unit n'aurait pas été de longue durée si vous m'aviez répondu d'une autre manière. Nous aviserons à vous rendre utile au salut des nations, sans vous commettre avec les gens de votre pays, qui ont d'ailleurs, en résultat, le même intérêt que nous à l'affranchissement général, puisque nous ne voulons pour tous que l'indépendance de tous, et pour nous que les vieilles libertés de Venise. Mais il faudrait quitter Venise, dont les dalles brûlantes couvrent un volcan sous vos pieds, et les Français de votre âge ne passent pas quelques jours dans les murs d'une ville voluptueuse sans s'y livrer à quelques folles amours ; car cette distraction de jeunes filles est votre plus grande affaire, après la gloire et les conquêtes.

— Vous me jugez mal, seigneur Mario. Je n'aspire qu'à m'éloigner de Venise pour toujours, et j'en partirais demain si je le pouvais sans lâcheté, au milieu des dangers qui vous menacent.

— Est-il vrai?... répondit-il avec un mouvement de joie. Nous en reparlerons tout à l'heure, mais il faut d'abord que je vous rassure, en imposant silence au bourdonnement de ces guêpes qui m'importunent sans m'effrayer, insectes chétifs dont le venin ne fait pas de mal quand on les écrase sur la blessure.

La tempête, que l'arrivée de Mario avait un moment interrompue, venait en effet de reprendre son cours, et il paraissait jusque-là le seul qui ne s'en fût pas aperçu.

— Assez, cria-t-il, et qu'on se taise. Je me suis rendu à votre appel, parce que cela me convenait ainsi; mais ce n'est pas aujourd'hui qu'on me juge. Il me reste auparavant quelques récusations à exercer, et c'est un droit dont je ne ferai usage qu'à la face des Vénitiens, au milieu de la place Saint-Marc.

— Le jour, répliqua le plus acharné de ses ennemis, où tu monteras sur le *Bucentaure*, et où tu jetteras ton anneau à la mer?

— Pourquoi pas, dit Mario, si j'étais le plus digne, et si c'est le vœu de Venise? Mais tu t'abuses sur mon ambition, Tadeo, comme sur mon imprévoyance! Je crains trop les rigueurs de ma justice pour l'exposer à l'épreuve du pouvoir dans une république habitée par des hommes tels que toi. Quant à épouser la mer, c'est une destinée trop illustre pour un Cinci. Le prophète de Ravenne a prédit que le dernier de tous mourrait au passage d'un torrent.

La rumeur s'était accrue aux extrémités de la salle, et nous nous mettions en défense contre une de ces attaques inopinées qui terminent à Venise toutes les altercations violentes, quand Mario éleva la voix encore une fois.

— Paix! de par saint-Marc et son lion, si vous

ne voulez nous forcer à vous imposer un silence qui ne sera plus troublé que par la trompette du jugement dernier! Je n'ai pas fini de parler! — En ma qualité de grand maître de toutes les *vendita* d'Italie, je dissous la *vendita* de Venise, je romps l'alliance de ses membres comme je romps la bûchette de coudrier taillée de biseau qui nous servait de ralliement, et je vous interdis la communauté du toit et du pain, de l'eau et du sel de mes frères, comme à des apostats et à des parjures. — Que murmurez-vous de mes droits? J'use de ceux que nos règlements m'ont conférés par l'occasion maudite où la majorité d'une *vendita* se trouverait saisie en flagrant délit de trahison, et la preuve de vos trahisons est entre mes mains. La contesterez-vous?

Au même instant, Mario déploya devant eux un papier chargé du sceau de la *vendita*, et il poursuivit :

— Regarde, Tadeo, regarde à ce cadran, où l'aiguille va marquer la vingt-quatrième heure. C'est quand elle sonnera que nous devons être livrés ici aux soldats que tu as mandés, et qui t'apportent, en échange de notre sang, les vils deniers auxquels tu as taxé ta lâche perfidie. Ce sont les conventions écrites de ton marché de Judas!... Ce marché, le voici en original. Le pacha du grand empereur n'en a que la copie, et les noms que tu signalais à nos tyrans y sont remplacés par ceux de ces deux lâches que je vois à tes côtés, et qui ont eu la bassesse d'y souscrire. J'ai eu pitié du reste de tes fauteurs ordinaires, qui s'éloignent déjà de toi en rougissant, et dont la complicité aveugle ne mérite pas d'autre sentiment. — Ne t'alarme pas, Tadeo! Tu n'as pas perdu les infâmes honneurs de cette négociation;

elle porte ta signature, et ton accusation pourra conserver un certain crédit si tu parviens à m'arracher avec la vie une pièce tout aussi importante, l'acte par lequel tu t'es engagé, il y a trois mois, à faire massacrer les Français dans Venise, au moment où la guerre éclatera. Cet autre marché d'assassin, le voici en original comme le dernier. Tu t'es étonné, n'est-il pas vrai, qu'une proposition si avantageuse restât sans réponse; mais c'est que tu ne savais pas qu'elle eût passé d'abord dans mes mains, et que je l'avais dérobée à tous les yeux, par respect pour ce titre de Vénitien dont je m'énorgueillirais davantage si je n'avais le malheur de le partager avec toi. Il ne te reste donc pour témoin que ton honnête émissaire, le secrétaire fidèle de tes commandements, un homme de bien qui s'était fait courtier de délations et entremetteur de calomnies pour se dédommager de n'être plus bourreau, un des iniques bandits qui se travestirent en juges pour égorger le vieil André Cinci! Celui-là, tu pourras l'attester dans la vallée des morts, si les abîmes du golfe daignent te le rendre!

Tadeo avait fait un mouvement de rage, mais il s'était contenu en se voyant abandonné.

— La vengeance que je prétends tirer de vous, continua Mario, ne sera pas proportionnée à votre crime. Tadeo sera cru sans doute sur la justification de ses complices, puisqu'on a pu croire Tadeo sur quelque chose; et personne ici n'est tenté de vous arracher à l'ennui d'une indigne et honteuse vie. Si mes bras se plongent encore dans le sang un jour de bataille, c'est parce qu'il sera noble et pur comme le mien, et qu'il ne les salira pas. Allez donc en paix, vivez, jouissez demain comme aujourd'hui de l'air et du soleil, et que le ciel fasse une large part dans sa miséricorde à ceux qui deviendront meilleurs.

En parlant ainsi, Mario fit rentrer la clef dans la serrure, ouvrit la porte qu'ils franchirent en se précipitant les uns sur les autres, et, à leur grand étonnement sans doute, il la referma sur eux. Minuit sonnait : nous n'avions pas fait un pas.

— Que dites-vous, amis, reprit Mario, de cette bande d'aventuriers écervelés qui s'imaginent follement que je les ai introduits dans ce vieux palais sans m'y ménager une sortie inconnue? Il appartenait à mes pères; j'y suis né, et je ne m'occupais qu'à en étudier les détours pendant mes heures de récréation, à l'âge où les autres écoliers s'extasient devant les marionnettes de Girolamo, ou se disputent sur la grande place une tranche de *zucca*. Je l'ai perdu d'un coup de dé, s'il m'en souvient, mais je n'avais pas joué mon secret.

Il appuya sa main sur un ressort caché entre les refends de la boiserie gothique, et une porte invisible s'ouvrit.

L'impression que cette scène avait produite en moi enchaînait mes mouvements, comme un de ces rêves fantastiques dont le sommeil est quelquefois fasciné; et je cherchais dans mon esprit si ce n'était pas là l'occasion de mourir que j'avais désirée tant de fois. Soit résignation, soit stupeur, le bruit des coups de crosse qui ébranlaient la porte un moment plus tard ne m'avait pas fait sortir de la méditation où j'étais absorbé, quand Mario revint subitement sur ses pas, me saisit d'une main de fer, et m'entraîna après lui dans le passage qu'il referma de nouveau avec précaution. Je le suivis sans résistance à travers de longs corridors qu'éclairait à peine devant nous la lampe de son domestique albanais. Nous descendîmes des marches d'escaliers tortueux, nous en remontâmes d'autres, nous parcourûmes des espaces plus larges et plus aérés, mais toujours couverts, nous suivîmes à plusieurs reprises des galeries autrefois somptueuses et encore chargées de noires dorures, mais depuis longtemps solitaires, et nous arrivâmes en quelques minutes de marche à une poterne basse comme un guichet, qui donnait sur un canal. J'entendis encore au loin, de l'un et de l'autre côté, la rame de nos amis et le cri d'avertissement des gondoliers. Je montai sur la gondole de Mario; et sur sa demande, je lui répondis à voix basse : A l'auberge de la reine d'Angleterre. C'était mon logement. Quand nous fûmes à l'instant de nous quitter, il se leva près de moi à la proue de la barque, et me prit les mains avec une émotion affectueuse qui m'étonnait dans un homme de ce caractère, au moins selon l'idée que je m'en faisais jusqu'alors sur la foi de la multitude.

— Si vous ne changez pas de sentiments, dit-il, et que rien en effet ne vous retienne à Venise, où votre liberté et votre vie ne sont pas en sûreté, nous nous verrons bientôt. Vous me trouverez avant deux mois, le propre jour de sainte Honorine, à la chapelle qui lui est consacrée dans l'église paroissiale de Codroïpo, quand le prêtre donnera la bénédiction de la première messe.

— Il ne me faut que vingt-quatre heures pour préparer mon départ, qui ne peut être trop rapproché au gré de mes souhaits, répondis-je, et comme l'emploi de ces deux mois dépend tout à fait de ma volonté, je vous jure de me trouver fidèlement au jour, à l'heure et au lieu que vous désignez, pour y recevoir vos ordres suprêmes, si la mort ne porte empêchement à l'exécution de ma promesse.

— Je puis mourir aussi, reprit Mario avec une sorte de gaieté, mais cet accident n'annulerait pas nos engagements. Prenez ce morceau de la bûchette de coudrier que j'ai rompue à la *vendita*, et suivez où elle le voudra, et quelle qu'elle soit, la personne qui vous présentera l'autre.

Ensuite il m'embrassa ; je descendis sur le perron de l'hôtel, et la gondole fila sur le canal comme une chauve-souris.

La lumière qui descendait de mes croisées m'annonça que j'étais attendu dans ma chambre. J'y montai précipitamment, et j'éprouvai une surprise qui ne le cédait à aucune de celles de ma journée, quand j'y trouvai M. de Marsan ; non que cette heure avancée de la nuit fût indue à Venise, mais parce qu'il n'y avait aucune raison pour qu'un homme de cet âge et de cette qualité me fît une pareille visite.

— Assieds-toi, me dit-il pendant que je balbutiais quelques mots, et prends le temps de me répondre d'une manière calme et posée. La démarche que je fais auprès de toi, Maxime, doit t'annoncer assez que j'ai besoin de ton attention ; et si tu rends justice à mon amitié, je pense avoir aussi quelques droits à ta sincérité. Je t'ai cru occupé ou absent, parce que j'ai l'habitude de te croire, et je sais cependant que tu n'as pas quitté Venise. Apprends-moi sans hésiter quels motifs t'ont éloigné de ma maison ?

Je sentis que je me troublais, je penchai ma tête sur mes mains et je ne répondis point.

— Ne crains-tu pas, continua-t-il, que j'interprète mal ton silence? On ne cache à l'amitié que des secrets honteux.

Je tressaillis!

— Non, non, m'écriai-je, rien de honteux n'a flétri mon cœur! mais il y a une autre pudeur que celle de la vertu, et l'aveu d'une témérité absurde que j'ai dérobée à tous les yeux, et que j'aurais voulu me dérober à moi-même, peut coûter un effort pénible à ma vanité. Vous l'exigez pourtant, continuai-je sans relever les yeux vers lui. Prenez du moins pitié des illusions d'un insensé!

« J'aimais Diana!

— Diana est assez belle pour être aimée, et il n'y a point de femme dont l'amour te soit interdit. Ta seule faute, Maxime, est d'avoir tenté d'intéresser son cœur dans ta passion sans que je fusse prévenu de tes vues. Mes rapports paternels avec toi demandaient peut-être plus de confiance, je croyais avoir assez fait pour m'en rendre digne. Cette distance qui nous sépare au jugement de la société, penses-tu que j'aie épargné quelque chose pour l'effacer?...

Dès le commencement de cette phrase, mon courage m'était revenu. J'osai regarder M. de Marsan.

— Intéresser son cœur sans vous prévenir de mes vues!... ah! cela pouvait m'arriver auprès d'une jeune fille que le monde aurait regardée comme mon égale, avec une femme née pour moi, et dont la main serait tombée dans la mienne à la joie de ses parents! Mais loin de moi la pensée d'émouvoir un cœur que la raison des convenances ou l'orgueil des rangs peut me refuser! Jamais ma bouche n'a inquiété Diana d'une déclaration, d'un aveu, d'un soupir; si elle se plaint des ennuis que lui a donnés mon amour, c'est qu'elle l'a deviné. A dire vrai, cela n'était peut-être pas difficile.

— Tu ne lui as pas dit que tu l'aimais! Tu ne sais pas si elle aime, et si c'est toi qu'elle aime! Oh! si elle t'aimait! — Écoute-moi, cependant, car c'est à moi à te rendre franchise pour franchise, et je te dirai tout comme tu m'as tout dit. N'insiste pas! j'en suis sûr! — Diana est mon seul enfant; je l'aime comme mon seul enfant, de toute l'affection que le cœur d'un homme peut contenir, quoique son caractère noble et bienveillant, mais sombre et austère, m'ait procuré peu de ces douces joies dont le bonheur des pères se compose. Toute ma vie s'est passée, depuis sa naissance, à rêver pour elle un établissement honorable; et malgré la médiocrité de ma fortune et l'abaissement passager de ma condition, il s'en est présenté un grand nombre qui auraient fait envie aux familles les plus illustres de l'Italie. Diana les a tous repoussés. Les qualités les plus brillantes, les vertus les plus signalées, les assiduités les plus tendres ont échoué contre l'opiniâtreté de ce caprice farouche que je ne peux m'expliquer, et qui me condamne à voir mourir en elle les espérances de ma vieillesse. Il y a là-dedans, je te l'avoue, un mystère qui m'épouvante et me confond.

— Permettez, mon père, dis-je, et pardonnez-moi de vous interroger à mon tour, car il le faut absolument pour que je parvienne à éclaircir vos doutes et à dissiper vos inquiétudes. Êtes-vous bien sûr que sa tendresse n'appartient pas secrètement à un homme qui a eu des raisons de ne point se faire connaître, ou dont vous avez peut-être vous-même rebuté les prétentions ?

— L'idée qui te frappe n'est pas tout à fait nouvelle à mon esprit, répondit M. de Marsan d'un air soucieux ; mais la circonstance que tu supposes ne s'est présentée qu'une fois, et si j'ai cru devoir la dissimuler à Diane, c'était pour lui épargner un mouvement d'indignation et d'horreur qui aurait pu devenir fatal à son repos. Tu en jugeras par le nom seul de celui qui osait prétendre...

— Je n'ai pas besoin de savoir son nom, et je sens au bouillonnement de mon sang que je ne l'apprendrais pas sans danger pour l'un de nous deux ! Que diriez-vous cependant, mon noble ami, car le cœur des femmes est rempli d'énigmes impénétrables ; que diriez-vous si l'indigne amant que vous avez rejeté avec tant de dédain était précisément celui qu'elle aurait choisi ?

— Ce que je dirais ! s'écria M. Marsan en se levant de sa chaise avec emportement, je dirais : Fille indigne de moi, sois maudite à jamais, et que la colère et les vengeances de Dieu s'attachent à toi comme le vautour à sa proie ! Que le reste de tes jours s'écoule dans la solitude et dans le remords ! Que le pain quotidien de tous les hommes se change en gravier sous tes dents !...

Il allait continuer. J'imposai ma main sur sa bouche, et je le pressai contre moi de l'autre bras.

— Que le Ciel, mon ami, intercepte cette horrible malédiction entre vous et Diana, et le fasse plutôt retomber sur ma tête, qui est dévouée dès l'enfance à toutes les épreuves et à toutes les misères ! Mais il paraît que ma supposition était complètement dénuée de vraisemblance, et je regrette de l'avoir hasardée, puisqu'elle pouvait développer en vous une si vive irritation. — Il ne me reste qu'à savoir, repris-je en souriant pour le distraire de plus en plus de son émotion, quelle part vous m'avez donnée à supporter dans vos chagrins domestiques, et ce qui a pu vous résoudre à exiger d'un cœur faible, mais sans reproche, l'aveu humiliant que je vous ai fait ?

M. de Marsan se rassit.

— Je croyais avoir remarqué que tu aimais Diana, et tu conviens que je ne me trompais pas. Je pensais qu'elle devait t'aimer; je le pense encore, peut-être parce que je le désire, et que mon propre bonheur est intéressé dans le tien. J'attribuais ses refus au sentiment que tu lui avais inspiré; ton silence, je l'attribuais à une timidité délicate et défiante, et c'était ce vain obstacle que je me flattais de rompre d'un mot. Sois mon fils par le sang, t'aurais-je dit, comme tu l'es, ou peu s'en faut, par l'amitié que je te porte. Voilà tout ce que je voulais. Nos affaires ne me paraissent plus aussi avancées, mais je n'en désespère pas encore. Tu me parlais dans ta dernière lettre d'un projet arrêté de partir après-demain. Il n'y aura pas de mal, si je me trompe sur les dispositions de Diana, car tes peines s'aggraveraient de la déception de nos espérances; et, d'un autre côté, la société où tu vis d'habitude, au moins depuis que tu t'es éloigné de moi, n'est pas bonne par le temps qui court pour un jeune homme déjà suspect au pouvoir. Viens donc dîner demain avec moi, avec Diana. Tu lui feras cet aveu que j'autorise, et duquel dépend notre avenir à tous trois. Qui sait si nous devons pas nous réveiller le jour suivant sous un soleil plus favorable que celui qui m'éclaire depuis quelques mois ?

— Hélas ! répondis-je, pendant qu'il prenait mon bras pour regagner sa gondole, je n'augure pas tout à fait aussi favorablement que vous de cette démarche, mais si elle ne sert qu'à me convaincre de mon infortune, j'espère au moins inspirer assez d'estime et de confiance à Mlle de Marsan pour obtenir d'elle le secret qui vous touche, et voir se rétablir en vous quittant la tranquillité que vous avez perdue. Quant à ma propre destinée, il y a longtemps que je n'y fonde plus d'aussi douces espérances, et que d'autres épreuves m'ont accoutumé à la résignation. Mais, quel que soit mon sort, il ne changera rien à ma reconnaissance envers vous, et le titre de fils que vous m'avez donné, je le garde pour toujours.

Je n'ai pas besoin de dire que cette nuit se passa dans d'étranges agitations ; mais l'espérance eut si peu de part à mes rêves, que j'achevais d'arrêter au point du jour tous les arrangements de mon départ pour le jour suivant, et que j'employai la matinée à les régler avec le calme impassible d'un homme dont les résolutions n'ont plus de vicissitudes à subir. J'arrivai enfin chez M. de Marsan, où tout avait un air de fête, car l'excellent vieillard ne voyait dans cette solennité d'adieux que les approches d'un heureux événement qui allait me fixer à Venise, et l'assurance de son contentement crédule éclatait dans ses regards de manière à m'enhardir à la fois et à me désespérer. Je cherchai ceux de Diana ; ils n'avaient pas changé d'expression, et je me connaissais aux symptômes de l'amour, car j'avais été aimé. Il n'est pas nécessaire d'être bien des fois malheureux pour savoir lire dans le cœur d'une femme, et la plus habile ne m'aurait pas trompé sur ses impressions secrètes ; mais l'antipathie ingénue de Diana avait quelque chose de plus cruel, je ne sais quoi d'accablant et de froid qui me pesait sur le sein comme du plomb.

On me plaça cependant auprès d'elle à table. Je frissonnai d'une émotion mêlée de crainte, et je ne la regardai plus.

Les convives étaient nombreux. La conversation fut longtemps ce qu'elle est à Venise, ce qu'elle est partout, un frivole échange de nouvelles sans importance. Le vin de Chypre l'anima.

— Qu'est-ce donc, dit un des *signori*, que cette nouvelle tentative qui a failli troubler hier la tranquillité de la ville? On dit que la garnison et les sbires ont été sur pied toute la nuit.

— Eh quoi! répondit un autre, ne le savez-vous pas? Un complot d'aventuriers, pour la plupart étrangers, qui se proposaient d'égorger les Français et de changer le gouvernement.

— En vérité, interrompit M. de Marsan, il n'y a qu'à les laisser faire; leur sagesse est éprouvée, et les nations ne peuvent pas choisir de plus dignes législateurs! Cette ivresse des peuples durera-t-elle encore longtemps?

— Heureusement, reprit le second, cela est si misérable qu'une poignée de soldats a suffi pour les disperser, et le bruit de leur conspiration ne parviendra peut-être pas à la Judecque.

— Mais que veulent-ils encore, les malheureux? leur projet échoué ne pourrait-il pas servir de prétexte à quelque nouvelle persécution contre les serviteurs de la vieille dynastie française?

— Nullement! il ne s'agissait que de Venise et de sa république. Savez-vous que, s'ils avaient réussi, nous vivrions aujourd'hui sous le gracieux gouvernement de Mario Cinci, doge de Venise.

— Mario Cinci! dirent tous les assistants.

— Mario Cinci! répéta M. de Marsan, le poing fermé sur le manche de son couteau.

— C'est le dieu de la populace, ajouta un vieillard, et cela fait trembler pour l'avenir!

— Rassurez-vous, au nom du ciel! les bandits s'étaient assurés de précautions si prudentes qu'on n'a pas pu en arrêter un seul; mais on sait par des rapports certains que Mario ne se trouvait point parmi eux, car il se commet rarement aux dangers qu'il fait courir à ces misérables, dont la vie n'est dans ses mains qu'un jouet de peu de valeur. Il se renferme pendant qu'on agit pour lui, dans sa *Torre Maladetta* du Tagliamente, à la grande épouvante des voyageurs, pour s'y livrer sans doute à la fabrication de la fausse monnaie et des poisons, comme toute sa famille de parricides.

— Malédiction! m'écriai-je en me levant, tout cela est horriblement faux! Quiconque vous l'a dit est un calomniateur infâme, plus coupable que l'assassin mercenaire qui vend à la haine des lâches son âme et son stylet! Le projet de ces horribles vêpres vénitiennes dont vous parlez, c'est Mario Cinci qui l'a déjoué, ce sont ses ennemis qui l'avaient conçu. Il n'en a pas coûté de grands efforts aux soldats pour dissiper les conspirateurs; car personne n'ignore maintenant qu'ils ont parcouru un palais désert, et comme ils sont Français, je vous jure que le bruit de leurs pas répété par un écho n'était pas capable de les épouvanter. Le gouverneur de Venise, que j'ai visité ce matin pour le prévenir de mon départ, ne voit dans ce prétendu complot que ce qui y était réellement, la basse spéculation de quelques espions, qui se flattaient d'attirer sur eux des faveurs et des récompenses, la prime du mensonge et l'aumône honteuse de la police, en supposant des crimes pour faire valoir des services. Ceci est la vérité, messieurs! — Quant à Mario Cinci, je ne sais quels torts de sa jeunesse ont pu attirer sur lui la réprobation universelle; mais j'avoue que je ne crois pas aux folles haines de la multitude; et que je ne crois guère davantage aux aveugles colères de la fatalité. Tout ce que je connais de lui me l'a montré comme le plus généreux des hommes. L'injustice de l'opinion qui le poursuit le grandit encore à mes yeux, et je dois vous prévenir, messieurs, au moment de vous quitter pour toujours, que cette conversation ne se prolongerait pas sans porter mon cœur à des mouvements que je voudrais éviter. La cause de Mario Cinci est la mienne : et quel ami subirait sans transport et sans vengeance les injures faites à son ami absent? Vénitiens, je vous le demande!...

— Ton ami? dit M. de Marsan. Connaissais-tu Mario?

— Je ne l'ai vu qu'une fois; sa voix n'a pas frappé mon oreille pendant cinq minutes, mais je suis plus prompt à me saisir d'une affection, et mes affections ne se démentent jamais.

— Je ne t'avais jamais vu cette exaltation, continua-t-il en se rapprochant de moi, car la conversation générale avait fini, et les invités s'étaient distribués deux à deux dans la grande salle, sans témoigner l'envie de s'entretenir davantage. — E cependant je ne peux te savoir mauvais gré, ajouta M. de Marsan, des erreurs d'un cœur follement affectueux, qui prend part sans réflexion à la querelle des absents. L'expérience t'apprendra trop tôt qu'il ne faut pas se fier à des apparences imposantes dans le jugement qu'on porte du premier venu, quand il aurait, comme Mario, la taille d'Anthée, qui lutta contre Hercule, mais qui ne reprenait de force qu'en embrassant la boue dont il était sorti. L'imagination dupe le cœur. Je ne t'en parlerai donc pas, quoique cette explosion passionnée ait cruellement tourmenté le mien. Il est question d'autre chose entre nous, et l'intérêt si vif que Diana te témoigne aujourd'hui semble m'annoncer que jamais l'occasion n'a été plus favorable et mes prévisions plus justes. Accompagne-la chez elle, et songe que j'attends mon arrêt du tien !

En effet, et, je l'avouerai, je m'en étais à peine aperçu, tant je me croyais désintéressé dans cette espérance. Diana, qui avait quitté sa place aussitôt que moi, venait de lier sa main à ma main, et, autant que j'en pouvais juger sans l'avoir revue, sa tête se penchait vers mon épaule, presque de manière à la toucher. Je me retournai vers elle, et je vis qu'elle était pâle. Je pressai cette main qui tremblait ; je reconduisis Diana, et je la fis asseoir, plus disposé à la quitter qu'à la troubler d'une émotion inutile. J'allais m'éloigner, quand elle me retint. Je m'assis. Nous gardâmes quelque temps le silence ; mais ses doigts que tant de fois j'aurais voulu presser au prix de ma vie, s'étaient unis plus étroitement aux miens ; ils étaient humides et tièdes. Elle palpitait d'une émotion que je ne comprenais pas : je ne savais si c'était là un sujet de joie ou de désespoir, et cela dura plusieurs minutes, ces longues minutes que vous savez, et que durent les troubles et les inquiétudes de l'amour. Elle parla enfin.

— Maxime, dit-elle, combien je vous aime!

— Prenez garde! m'écriai-je, les mots que vous avez prononcés là sont affreux pour moi, si vous n'en prévoyez pas les conséquences. Vous ne savez peut-être pas, Diana, que je viens vous demander votre main, parce que votre père me l'a promise!...

Elle se leva, marcha, passa devant moi les bras croisés, le front penché, le sein haletant. Elle s'arrêta; elle appuya ses mains sur mes épaules, les croisa derrière mon cou, et me dit d'une voix qui s'éteignait sur ma joue :

— Pauvre Maxime! L'ami de Mario Cinci ne savait donc pas son secret quand il le défendait tout à l'heure?

Je ne répondis point : un voile se déchirait devant mes yeux; mais je ne devinais pas tout.

— Pourquoi, sans cela, continua-t-elle, aurais-je insulté à ta tendresse de bon et digne jeune homme? Ah! cela serait odieux si l'on n'avait pas aimé! mais je l'aimais, vois-tu! mais il était mon âme et ma vie! il en disposait à jamais, et ton amour me remplit de douleur en s'égarant vers moi, qui ne pouvais le payer de retour. Le caractère et l'aspect que je me fis pour te rebuter devaient me rendre haïssable. Je m'en flattais amèrement, parce qu'il fallait pour ton bonheur que je fusse haïe de toi; et comprends ce qu'il m'en coûtait, à moi, Maxime, qui t'aimai du premier jour comme un frère, et qui t'aurais donné volontiers tout un cœur si j'en avais eu deux!... Me pardonneras-tu?

Je restai quelque temps sans parler et sans voir; ensuite je la regardai.

Elle pleurait.

Je baisai ses bras palpitants, et puis ses joues, ses yeux humectés de larmes, et je mêlai mes larmes aux siennes.

— Vous aimez Mario, Diana! c'est un digne choix! Que le ciel vous favorise!

— Je l'aime, dis-tu!... reprit-elle avec force. Mon existence est plus complète que tu ne le crois! je suis sa femme!...

— Sa femme! et votre père, mademoiselle, avez-vous pensé à lui?...

Elle abaissa ses paupières, comme si elle avait été honteuse de me laisser lire dans son âme.

— Mon père!... mon excellent père!... Oh! qu'aux dépens de mes jours la nature prolonge les siens! qu'aux dépens de mon bonheur, elle les embellisse!... Mais quand Mario, prosterné devant lui, cherchait à vaincre son cœur : — Votre femme! dit mon père; j'aimerais mieux qu'elle fût morte! — Il l'a dit. Mon père m'aura morte comme il l'a souhaité, et Mario m'emmènera vivante.

— Votre raison se trouble, Diana!... Que dites-vous?

— Ce que je dis, l'avenir l'expliquera; mais n'accusez pas ma volonté. Elle ne m'appartient plus. Conservez-moi un souvenir, un souvenir rigoureux si vous le voulez, pourvu qu'un peu d'amitié, cher Maxime, en adoucisse la sévérité... et si ma vie vous intéresse encore, ne craignez pas que j'en dispose sans votre aveu.

— Maintenant l'heure s'approche où il faut... Êtes-vous prête, Anna?...

Sa femme de chambre entra et vint se placer à côté d'elle.

— Mon père vous attend, Maxime ; allez lui dire que vous m'accompagnez à ma gondole.

Il n'y avait qu'une porte à ouvrir. Il m'attendait les yeux fixes et ardents d'impatience ; je tombai à ses pieds.

— Au nom du bonheur de Diana et du vôtre, mon ami, revenez sur vos injustes préventions contre le noble Mario Cinci ! c'est l'époux que vous devez à Diana pour sauver sa vie...

— Mario Cinci ! cria le vieillard en me repoussant avec dureté... Qu'elle l'épouse et qu'elle meure !... Une parricide de plus dans la famille des Cinci !... Béatrice et Diana !...

Il marchait précipitamment et il m'entraînait sur ses pas, parce que mes mains s'étaient attachées à ses genoux.

Il s'arrêta en me disant : — Va-t'en, traître !... Et ensuite il me regarda en pitié. — Va-t'en, dit-il plus doucement en passant ses deux mains sous mes bras pour m'aider à me relever ; va-t'en, pauvre enfant, et que je n'entende plus parler de tout ce que j'ai aimé, car le reste de mes vieux jours a besoin de solitude et de repos.

Je me retrouvai près de Diana, je lui offris la main sans prononcer un mot, et elle ne m'interrogea pas, car j'avais laissé la porte entr'ouverte dans le trouble de ma démarche, et il était impossible qu'elle n'eût pas entendu.

Quand je la quittai à sa gondole, j'approchai ses doigts de mes lèvres ; elle les retira et se jeta dans mes bras. Un moment après, j'étais seul.

Je suivis longtemps du regard la gondole de

Diana entre toutes les autres, et je la reconnaissais de loin, parce qu'elle était ce jour-là, contre l'usage, marquée d'un nœud flottant de rubans cramoisis.

Je me présentai inutilement le même soir chez M. de Marsan. Sa maison était interdite à tout le monde.

Au lever du soleil, par un jour triste et froid de janvier 1809, le petit bâtiment qui me conduisait à Trieste déboucha des lagunes dans la grande mer, qui était haute et houleuse, car la nuit avait été fort mauvaise. Notre patron héla quelques barques de mariniers, qui paraissaient occupés à relever sur la pointe d'un îlot une gondole échouée.

— Quelqu'un a-t-il péri ? s'écria-t-on de notre bord.

— Selon toute apparence, répondit le maître ; mais il est probable que les cadavres ont été emportés par la lame, puisqu'on ne les a pas trouvés sur les acores. Cette gondole sans chiffre et sans nom ne se distinguait d'ailleurs des autres que par ce chiffon de rubans.

Je m'en saisis, je l'attachai à ma chemise, et je défaillis. Je fus longtemps à revenir à moi.

Le lendemain j'étais à Trieste.

DEUXIÈME ÉPISODE

LE TUNGEND-BUND

La seule particularité de mon premier récit qu'il soit essentiel de vous rappeler maintenant, c'est que j'avais lieu de croire, en arrivant à Trieste, que Diana de Marsan était morte victime d'un naufrage ou d'un suicide. Un billet noué d'un ruban cramoisi comme celui de sa gondole, et que le patron me remit au débarquement, me tira de cette cruelle angoisse. Il n'était pas signé, et je ne connaissais point l'écriture de Diana ; mais il ne pouvait venir que d'elle. J'en rapporterai sans peine les propres expressions, car on doit imaginer que je ne l'ai pas perdu : « Ne vous alarmez pas, Maxime, des bruits qui pourront vous parvenir : un cœur que vous avez pénétré de reconnaissance et d'amitié palpite encore pour vous. Un cœur ! il fallait dire deux. On vous engage à n'oublier ni le rendez-vous, ni l'église, ni le signal, et je sens que je suis intéressée aussi à l'accomplissement de votre promesse par un sincère désir de vous revoir. »

Tout s'expliquait ainsi. Le rendez-vous dont il m'était parlé, c'était certainement celui qui devait me réunir à Mario Cinci, dans l'église de Codroïpo à la chapelle de Sainte-Honorine. Mes inquiétudes s'évanouirent, et je ne songeai plus qu'à me reposer des agitations passées, dans les douces émotions de l'étude, qui devenait déjà le premier de mes plaisirs.

La table d'hôte à laquelle je m'asseyais tous les soirs offrait peu de ressources à la conversation, et j'en étais enchanté. Les convives étaient ordinairement de très dignes gens, fort occupés de leurs affaires, qui me laissaient jouir en paix du bonheur de n'en point avoir, et qui avaient d'ailleurs la complaisance, pour me mettre tout à fait à mon aise, de s'expliquer dans un des cinquante dialectes de l'esclavon, ou dans un des cinquante patois plus impénétrables à mon intelligence, du Frioul, du Tyrol et de la Bavière. Cependant le renouvellement journalier de ces rapports devait finir par établir entre quelques-uns de mes commensaux et moi une espèce d'intimité. Il s'en trouvait deux parmi eux qui parlaient d'ailleurs français avec une grande élégance, et qui étaient plus versés que moi-même dans la technologie des sciences physiques, mon principal objet d'étude et d'affection. Nous fîmes bientôt connaissance.

Le premier était connu à Trieste sous le nom du docteur Fabricius, et c'est ainsi que je le désignerai à l'avenir, quoique j'aie entendu dire qu'il s'appelait autrement. Dans sa vie extérieure, il s'était fait une haute réputation médicale fondée sur des théories singulières, mais extrêmement contestées par les gens qui prétendaient s'entendre à cet art d'hypothèses dont il ne faisait pas fort grand cas.

Le second était un jeune Polonais, nommé Joseph Solbioski, et non Solbieski, comme disent les biographes. Joseph avait tout ce qu'il faut d'esprit et de cœur pour entraîner une âme moins attirable que la mienne, qui ne demandait qu'à aimer quelqu'un. Je l'aimai tout de suite. Il était à peu près de mon âge ; ce que j'aimais, il l'aimait aussi ; ce que je savais, il le savait mieux. J'étais plus fort et plus grand ; il était plus doux, plus sage et plus beau. On fait avec cela des sympathies indissolubles. Je ne le croyais pas éloigné de mes opinions ; mais une opinion est si peu de chose auprès d'une affection !

Nous nous tenions tous les deux, de crainte de nous contrarier réciproquement, dans une réserve si étroite sur les questions politiques dont le monde était occupé, et j'attachais de mon côté si peu d'importance à m'assurer d'une harmonie de plus dans nos sentiments, tant il suffisait des autres pour nous unir inséparablement à jamais, que je n'essayais pas d'en savoir davantage. Comme celui-ci a obtenu depuis en Allemagne une réputation historique dont le bruit n'est probablement pas venu jusqu'à vous, vous me pardonnerez de vous le faire connaître avec plus de détails au commencement d'un récit où il ne me quittera presque plus. Nous commencerons cependant par l'autre.

Le docteur Fabricius avait près de soixante-dix ans, mais c'était un de ces septuagénaires adolescents d'âme et d'imagination, qui imposent à l'esprit des jeunes leur verve et leur vivacité. Ce qui frappait le plus dans sa singulière physionomie, c'est un type fort prononcé qui n'avait rien d'allemand, et dont le galbe mince, effilé, saillant, tenait plutôt quelque chose de l'andalou ou du maure. Sa maigreur brune et osseuse, qui laissait presque à nu le jeu actif et passionné de ses muscles; l'*acuitesse* pénétrante de ses yeux ardents et mobiles, dont le disque était un charbon et le regard une flèche; l'étrange propriété de ses cheveux encore noirs, qui se hérissaient comme spontanément au moindre pli de son front, tout cet ensemble extraordinaire lui donnait quelque chose de l'aspect d'un aigle. J'ai entendu peu d'hommes plus abondants en paroles; mais son abondance pleine, soutenue, éloquente, même quand elle était diffuse, ne se répandait en épisodes et en figures que par excès de richesses, et s'y complaisait sans s'y perdre. Un homme ainsi organisé ne pouvait pas être entièrement étranger aux grandes pensées qui émouvaient alors l'Europe; mais il s'abstenait avec une sorte d'affectation de tous les entretiens dans lesquels le mouvement naturel des esprits faisait rentrer ces idées en dépit de nous. La préoccupation qui le dominait semblait être un spiritualisme exalté, une théorie spéculative combinée des principes de Swedenborg, de Saint-Martin et peut-être de Weissaupt ; mais son enthousiasme très expansif pour les livres d'Arndt, et de quelques autres philosophes *tungend-bundistes*, révélait en lui un profond sentiment de la liberté.

Le docteur ne s'était arrêté à Trieste que pour y régler quelques affaires d'intérêt avec des régisseurs chargés de l'administration de ses biens dans un rayon assez étendu, car on le disait fort riche, ce qu'on n'aurait deviné d'ailleurs ni à la modestie de ses dépenses, ni à la simplicité de ses mœurs. Il n'y avait donc rien de surprenant à le voir souvent en rapport avec des voyageurs venus pour lui, et qui ne résidaient pas. Si je les avais devinés alors, j'aurais eu cependant assez de temps pour les observer, et j'en conserverais un souvenir assez présent pour les peindre ; mais j'ai déjà dit qu'il n'existait aucune espèce de contact politique entre mes nouveaux amis et moi. Ces étrangers qui se succédaient chaque jour, c'était Kolb, c'étaient Marberg, les Pélopidas, les Thrasybules du Tyrol ; c'étaient les braves frères Woodel, fusillés depuis à Wesel, le 18 septembre de la même année ; c'était l'aubergiste André Hofer que je remarquai davantage, parce que je l'avais entendu nommer souvent chez le marquis de Chasteler, à l'occasion des événements de 1808 ; et celui-là est si connu, que les impressions qu'il m'a laissées n'apprendraient rien à personne, si elles ne différaient un peu de celles que mes lecteurs ont pu prendre dans l'histoire. La célébrité des uns et des autres n'atteignit d'ailleurs à son apogée qu'un mois après le passage d'André Hofer à Trieste, c'est-à-dire à cette mémorable victoire des paysans, dont le Tyrol marque le glorieux anniversaire au 29 février.

J'avais bien formé quelques conjectures sur l'apparition du Samson de Passeyer dans notre méchante hôtellerie de l'*Ours*, mais sans y donner de suite. Il était tout naturel qu'André Hofer, qui, en vertu de sa profession, exerçait une agence d'affaires fort étendue, suivant l'usage du Tyrol, eût des intérêts à démêler avec un propriétaire opulent comme le docteur Fabricius. Quant à la part très active que Joseph Solbieski prenait à leurs négociations secrètes, elle n'était pas plus difficile à expliquer, Joseph étant destiné à devenir le gendre du docteur à une époque assez rapprochée, car *on attendait la future*. J'ai compris depuis que cette expression, qui couvrait un sens mystique dans notre *gergo* des sociétés secrètes, pouvait bien m'avoir caché quelque double sens; mais je suis si peu curieux, et j'étais déjà si porté d'ailleurs à me déprendre de ces mystères, qu'il ne m'est pas arrivé une seule fois d'y saisir autre chose que sa valeur littérale.

Il n'y a guère d'hommes de ces derniers temps dont les Allemands se soient plus passionnément occupés que d'André Hofer, et il n'y a certainement point d'homme qui ait plus dignement justifié leur enthousiasme : les vertus et la piété d'André Hofer l'avaient fait surnommer le *Saint du Tyrol*, comme Cathelineau avait été surnommé quinze ans auparavant le *Saint de l'Anjou;* et nul homme n'a mieux répondu qu'André Hofer, parmi tous ceux que j'ai vus, à l'idée que je m'étais faite de Cathelineau. Il faut cependant que j'accorde d'abord un point important à la critique, c'est que cette opinion ne s'est composée que depuis sur des impressions très légères et très fugitives; car je n'ai vu André Hofer que pendant deux jours, et je ne lui ai pas adressé la parole, par l'excellente raison qu'il savait infiniment peu d'italien, et qu'il ne savait pas un mot de français. L'impression récente de son premier rôle historique m'intéressait cependant à le voir, et celui qu'il joua quelque temps apres dans les événements de l'Allemagne força mon esprit à s'en refaire le type physique et moral avec autant de vivacité peut-être que si je n'avais pas perdu un moment de vue le modèle, de sorte que je crois le connaitre aussi bien que ceux qui l'ont peint.

Ce qui l'a distingué dans la guerre comme dans l'administration, c'est un profond sentiment moral, poussé, au dire des hommes d'Etat, jusqu'à la puérilité. C'est une philanthropie si douce, qu'il n'avait pas à se reprocher une goutte de sang répandu dans les batailles, où il se portait toujours le premier. Personne ne lui avait vu manier une arme offensive. Dans le monde, c'était une créature simple, bienveillante, riante, aussi affectueuse que peut l'être un géant qui caresse des nains, un vieillard qui se fait enfant avec les enfants. Pour la multitude, André Hofer n'était réellement qu'un bon homme, et il ne serait encore que cela pour moi s'il n'avait été André Hofer.

J'arrive à Joseph Solbioski, dont le nom me rappelle, ainsi que je l'ai dit, des sentiments plus personnels, et qu'un mois de rapports affectueux m'avait presque donné pour frère. Fils d'un des nobles et malheureux guerriers qui tombèrent dans les guerres de la liberté de Pologne, en 1794, sous les drapeaux de Kosciusko, il avait été adopté, à dix ans, par le docteur Fabricius, et cette alliance probablement fondée sur quelque sympathie politique entre les pères, suffit pour expliquer la forte direction qui avait été imprimée à ses études, sous les yeux d'un des hommes les plus éclairés de l'Allemagne. Solbioski s'exprimait avec une facilité souvent éloquente dans la plupart des langues de l'Europe, et possédait à un degré rare, même parmi les savants de profession, la doctrine et les nomenclatures des sciences physiques et philosophiques, auxquelles l'analyse et la méthode venaient de faire faire de si grandes conquêtes, dans ce pays d'invention et de perfectionnement qui a seul le droit de croire encore à la marche progessive de l'esprit humain. Il était certainement redevable de ces richesses d'instruction à l'heureuse tutelle sous laquelle le hasard l'avait placé, et il en rapportait religieusement les résultats à son père d'adoption; car la tendresse de son âme ne cédait en rien à l'élévation de son esprit. Ce dévouement reconnaissant et pieux contient sans doute le principal secret de sa vie. Son amour pour une des filles du docteur, qui en avait trois, devait faire le reste; mais on sait déjà que je n'étais entré que par hasard dans ces confidences. Le temps seul m'a depuis appris que Joseph Solbioski avait été, dans la campagne de 1808, l'âme des généreuses entreprises d'André Hofer, dont l'intelligence droite et saine mais peu développée, n'aurait pu suffire à la complication des affaires dans lesquelles l'engageait sa nouvelle fortune, quand il devint, par la force des événements, le chef militaire et politique, le commandant et le législateur du Tyrol ; époque presque unique entre toutes les époques, où un homme du peuple, sans lettres et sans ambition, se trouva dépositaire de l'autorité sans l'avoir voulue, et en usa sans en abuser. On n'ignore pas que l'administration d'André Hofer fut comparée alors à celle de Sancho dans l'île de Barataria, et je doute qu'on puisse en faire un éloge plus magnifique et plus complet; car les peuples ne peuvent avoir de meilleur arbitre que le bon sens d'un homme naturel et moral.

La pensée sourit sans doute à quelques-unes de ces lois de circonstance, improvisées par un pauvre aubergiste de village qui a été investi par la guerre, et au milieu d'une ceinture de bataillons ennemis, des droits du suprême pouvoir; mais il se mêle des larmes d'attendrissement à ce sourire, quand on a lu comme nous le texte de ces proclamations paternelles inspirées par un si profond amour de l'humanité. Ce qu'il recommande à ses frères, à ses enfants, traqués dans leurs rochers comme des bêtes fauves, ce qu'il les supplie d'accorder à son amour, car il n'ordonne jamais qu'au nom de l'affection, c'est d'épargner l'effusion du sang étranger, hors du cas légitime de leur défense personnelle; et puis, c'est de sanctifier leurs armes par la prière, par les bonnes œuvres et par les bonnes mœurs. Il y en a une, datée d'Inspruck, où il venait d'entrer vainqueur des Bavarois, à la tête de vingt mille paysans, dans laquelle ce géant de quarante ans, que la nature avait organisé comme un autre pour les passions, s'adresse à la piété des femmes, les rappelle à la pudeur antique, et les conjure de cacher leur sein et leurs bras, suivant le chaste usage de leurs mères. Cela est fort ridicule peut-être; mais cela serait sublime dans

Plutarque, à la vie de Scipion, d'Aratus ou de Philopœmen.

Je n'ai pas perdu de vue Solbioski dans cette digression, puisqu'il était, à l'époque où j'ai remonté, crétaire d'André Hofer. Il y avait entre ces deux obles créatures une sorte d'identité. C'était un corps et une âme. Qu'on juge par là de Joseph !... Au premier aspect, son teint fra s et pur, son regard plein de douceur, son rire toujours affable, quoique souvent amer et mélancolique, ses cheveux longs, blonds et bouclés, n'annonçaient pas le héros des temps difficiles ; et cependant l'effet singulier de ses cils, de ses sourcils et de ses moustaches brunes, lui permettait d'animer quelquefois sa physionomie d'une manière imposante. Il acquérait alors cet air de résolution et de fierté qui révèle un grand caractère, mais il aurait fallu plus d'expérience et de perspicacité que je ne me suis jamais piqué d'en avoir, pour deviner un conspirateur dans cet ange aux yeux bleus.

Nous ne parlions donc entre nous qu'amitié, amour, poésie, beauté de la nature réveillée, charmes de la campagne printanière, et tout ce qui enchante un cœur jeune, que le malheur n'a pas encore entièrement desséché. Cela ne dura pas longtemps. Les affaires du docteur, qui paraissaient se compliquer tous les jours, le forçaient à s'absenter souvent. L'acquisition d'un vieux château dans le voisinage du Tagliamente le retint éloigné près d'une semaine, et il s'en fallait d'autant que le terme de mon rendez-vous fût échu, quand il arriva pour repartir avec Joseph, car il était cette fois accompagné de sa fille, qui descendit avec lui chez un ami. Nos adieux furent tristes, et cependant je cherchais à les prolonger. Il m'en souvient. Joseph et moi nous avions peine à nous quitter, quoiqu'il sourit avec une sorte de malice à l'idée de notre séparation éternelle, et nous marchions encore bien tard, les bras entrelacés, à la lueur des flambeaux qui éclairaient la place et le péristyle du théâtre, parce que c'était pour le peuple un jour d'ivresse joyeuse et de bruyante gaieté, ce jour du carnaval qui a conservé longtemps tout son attrait dans les États vénitiens. Je me doutais à peine de ce spectacle, moi, pauvre jeune homme que dix verrous tenaient reclus à Paris pendant ces fêtes éblouissantes des riches et des heureux de la cour impériale, que Mme la duchesse d'Abrantès a décrites avec tant de naturel et de grâce; mais il devait avoir un aspect particulier à Trieste, où il faisait foisonner sous les colonnades et à travers les illuminations cette partie casanière de la population qui est aussi un spectacle : les Grecs, les Albanais, les Turcs, dans leurs vêtements si variés et si pittoresques; les jolies filles juives qui percent d'œillades si ardentes et si acérées les anneaux coquets de leur noire chevelure ; celles d'Istrie qui s'enveloppent presque tout entières dans leurs longs voiles blancs; le paysan du littoral lui-même, avec ses rubans flottants et sa toilette d'opéra, que la saison permettait ce jour-là, car la soirée était aussi tiède qu'une des plus belles du mois de mai. Je n'ai pas besoin de le dire à ceux qui se souviennent comme moi du carnaval de Trieste en 1809, si quelqu'un s'en souvient. C'était une féerie.

Une femme en domino s'était emparée de ma main et c'était une femme, car j'avais touché la sienne. J'oserais dire qu'elle devait être fort jolie :

on sait si bien cela ! Joseph, qui s'était entretenu un moment avec nous, avait profité de ce moment de préoccupation pour s'éloigner, et je n'en étais véritablement pas fâché, car le dernier mot de cette dernière entrevue me coûtait beaucoup à lui dire. La conversation de cette inconnue absorba bientôt d'ailleurs toutes mes pensées. Un mystère incompréhensible l'avait fait lire dans ma vie. Le *moi* qu'elle connaissait ne pouvait être connu que d'elle dans ce pays, où j'étais presque étranger à tout le monde, et mon cœur palpita plus d'étonnement que de frayeur, quand elle me dit *adieu* sous mon nom, qui ne pouvait être arrivé, même à Venise, que par la correspondance de mes amis les plus secrets. J'étais sûr que Diana ne l'avait jamais entendu prononcer — à moins que ce ne fût par... — mais Diana était plus grande.

Elle s'échappait ; je la retins. La fascination du masque, de la tournure, de la voix, s'était augmentée en un moment de tout ce qu'il y a de saisissant et d'extraordinaire dans une apparition, dans un rêve.

— Je vous suivrai partout, m'écriai-je, ou bien je vous retrouverai si vous essayez de me fuir !

Elle s'arrêta.

— Pourquoi pas, dit-elle en riant ; mais ce serait un peu loin, peut-être, et ce ne serait qu'un seul jour. Êtes-vous décidé à me rejoindre partout où je serai... le jour de Sainte-Honorine ?

— Attendez, attendez, madame ! le jour de Sainte-Honorine ? Oh ! cela n'est pas possible ! mon honneur y est engagé !

— Adieu donc, reprit-elle en dégageant ses doigts des miens ; allez où votre honneur vous appelle !...

— J'irai! mais ne pourrais-je savoir au moins où je vous reverrais ce jour-là, s'il m'était permis de vous y chercher?

— Où vous me reverriez?... je le veux bien. Dans la chapelle placée sous l'invocation de ma sainte patronne, à l'église de Codroïpo, quand le prêtre aura donné la bénédiction de la première messe.

Lorsque je revins à moi, elle s'était cachée dans la foule. Ce rendez-vous, c'était celui que j'avais reçu de Mario Cinci.

Quelques jours s'écoulèrent en nouvelles et solitaires promenades; mais le jour de Sainte-Honorine, j'étais déjà depuis longtemps arrêté devant la façade de l'église de Codroïpo, quand les portes s'ouvrirent.

Le soleil se levait à peine; la nef était encore humide et noire; quelques lampes qui avaient veillé toute la nuit indiquaient seules la chapelle de la sainte: le sacristain achevait de l'illuminer.

Je n'étais pas dévot, mais j'étais pieux, et jamais une aventure de galanterie, un caprice de volupté, ne m'aurait distrait dans un temple de la profonde émotion que m'inspire la maison de Dieu, surtout quand elle est vide, et que l'âme s'y trouve recueillie en présence de son créateur et de son maître J'avais d'ailleurs interprété d'une autre manière qu'on est porté à le faire en Italie ce second ajournement. J'étais placé sous l'empire d'une association immense, qui pouvait comprendre des femmes au nombre de ses affidés les plus intelligents et les plus actifs, et ressaisir à propos un adepte tiède ou découragé par les illusions les mieux appropriées à son âge et à son caractère. Je dois dire à mon honneur que je n'en avais pas douté un moment.

J'entrai donc dans la chapelle sans y porter d'autre dessein que de prier et d'y offrir au Ciel le sacrifice de mon aveugle dévouement pour je ne sais quelle parole qui m'avait lié par des sentiments généreux à la cause de la vieille foi et des vieilles libertés. Mes yeux eurent bientôt parcouru l'étroite enceinte. J'étais seul; le sacristain était sorti, le prêtre n'était pas venu, mais le tableau de l'autel resplendissait déjà de son éclat de fête; c'était une heure imposante, un lieu solennel, un beau spectacle pour un chrétien; et toutes les fois que le malheur s'est appesanti sur moi, ou que la solitude m'a rendu à moi-même, je me suis retrouvé aussi sincèrement chrétien que dans les bras de ma mère, quand elle me passait avec orgueil une longue veste de toile d'argent, à compartiments de verroterie rouge et bleue, pour aller recevoir la première fois le bienfait de l'eucharistie, à la paroisse de Saint-Marcelin. — Cette effusion finie, je regardai le tableau : sainte Honorine condamnée à mourir de faim dans un cachot, pâle, échevelée, palpitante, offrant dans ses traits le mélange de la douleur humaine et d'une divine résignation, mais tendant vers moi des bras suppliants, comme pour implorer un secours. Ses yeux avaient des regards, ses lèvres des mouvements! Qu'elle était touchante et sublime!...

Ce qui me frappa davantage cependant, c'est une de ces ressemblances qu'on est si porté à trouver quand on aime, une ressemblance poignante et mortelle dans la situation où elle avait été saisie, le portrait de Diana! Heureusement cette image merveilleuse n'était que le chef-d'œuvre de Pordenone.

J'avais froid ; je souffrais de cette émotion, vive comme la réalité. Je me levai ; je marchai sans projet dans la chapelle, dans l'église, où les rayons du jour commençaient à percer les vitraux et à trembloter sur les murailles. Personne ne se mouvait ni en dedans, ni en dehors. Le seul bruit qui troublât le silence des voûtes, c'était celui de mes pas qui retentissaient sur les pavés. Je cherchai à gagner la porte ; je m'appuyai en grelottant sur un baptistère qui est placé à l'entrée. J'écoutai, je crus entendre, j'entendis des gémissements, sans savoir s'ils venaient de la chapelle ou du parvis ; mais je crus un instant que c'était encore la sainte qui pleurait d'angoisse et de faim. Impatient de m'affranchir de ce prestige qui troublait ma raison, je franchis les degrés d'un élan. Les pleurs, les gémissements me poursuivirent dans la rue, déjà entièrement éclairée par le soleil ; je me retournai vers le portail, où j'avais été devancé par mon fidèle Puck, qu'un sentiment de compassion plus qu'humain appelait, caressant et consolant, partout où il entendait des plaintes. Je vous ai parlé de Puck.

Je vis alors une petite fille de treize à quatorze ans, fraîche et jolie comme une rose, et dont les yeux devaient avoir un charme incomparable, quand ils n'étaient pas noyés par des larmes. Elle était assise au haut du grand escalier, près de la porte où je venais de passer, et, le menton appuyé sur sa main, le coude sur son genou, ses cheveux blonds abandonnés à l'air, la pauvre enfant sanglotait amèrement en regardant un petit éventaire déposé devant elle, et que recouvrait un linge plus blanc que la neige.

— Pauvre Onorina! disait-elle.

Au bruit que fit mon chien en s'élançant à son côté, elle changea d'attitude, et la vue arrêtée sur moi elle s'écria subitement :

— Achetez, monsieur, achetez ma belle lazagne! étrennez, étrennez la petite marchande.

Je remontai deux ou trois degrés, et je m'assis un peu au-dessus d'elle.

— Qu'avez-vous donc à pleurer, chère petite, puisque votre corbeille est pleine, et qu'il ne paraît pas qu'il lui soit arrivé d'accident?

— Achetez, monsieur, achetez ma belle lazagne! Il n'y a pas de meilleure lazagne à Venise!

Et elle essuyait ses yeux du bout de ses jolis doigts pour paraître plus engageante.

— Je vous demandais, mon enfant, la cause de votre chagrin, et ce qui pourrait le soulager? Répondez-moi avec confiance.

— Oh! du chagrin, monsieur, j'en ai beaucoup! — Achetez, monsieur, achetez ma belle lazagne! — Il faut vous dire que c'est aujourd'hui la fête de sainte Honorine, ma patronne, et que toutes les jeunes filles de Codroïpo, dans leurs plus beaux habits de fêtes, vont accompagner sa châsse à la procession..., une châsse superbe, garnie de longs rubans, et chacune d'elles en tient un, qui est assorti par sa couleur aux rubans de sa parure. Ah! cela est bien beau à voir. — Achetez, monsieur, achetez ma belle lazagne! — Ensuite il y en a quatre qui portent deux à deux de grands paniers pleins jusqu'aux bords de violettes, de primevères, et de toutes les fleurs de la saison, et qui s'arrêtent de loin en loin pour en jeter par poignées sur la châsse de sainte Honorine. — Et ce sont les plus sages, les plus jolies, et celles qu'on regarde le plus. J'étais une des quatre l'année passée, et je n'ai mis que ce jour-là ma belle robe de toile de Perse à bouquets. — Achetez, monsieur, achetez ma bonne lazagne ?

— Mais la cérémonie va commencer, Onorina! Et pourquoi ne mettez-vous pas aujourd'hui votre belle robe de toile de Perse à bouquets ?

— Pourquoi, monsieur, pourquoi ? C'est pour cela que je pleure. Mon père s'est remarié, et ma belle-mère m'a dit ce matin, quand je lui ai demandé ma robe : « Il vous sied bien, petite effrontée, de vouloir vous parer comme la châsse de sainte Honorine avant d'avoir commencé votre journée! On vous donnera la robe que vous demandez si vous avez vendu votre lazagne à l'heure de la procession. » — Achetez, monsieur, achetez ma bonne lazagne.

Et elle recommença à pleurer.

— Calmez-vous, mon enfant, il y a des remèdes à tout, et vous avez encore le temps d'aller prendre votre place de l'année passée auprès d'un de ces grands paniers qui sont pleins jusqu'aux bords de violettes, de primevères et de toutes les fleurs de la saison. Je vous jure que vous y serez.

— Ah! vraiment, je n'aurais pas été en peine, reprit-elle, du temps du seigneur Mario Cinci. Il venait tous les mois depuis longtemps s'approvisionner à Codroïpo pour sa maison et pour ses pauvres, et depuis deux mois il y venait jusqu'à deux fois par semaine ; il emportait toute ma lazagne, et ne s'en allait jamais sans me laisser quelque bague, quelque épingle, quelque petit bijou, et sans me dire, en me frappant doucement la joue :

« Sois sage, Nina, sois sage, ma belle, et tu feras un jour quelque bon mariage, car tu es vraiment aussi gentille que ta pauvre mère. »

— Eh bien! chère Onorina, vous avez maintenant deux raisons de vous consoler et de vous réjouir, puisque Mario Cinci va arriver.

— Comment arriverait-il, s'écria-t-elle, puisqu'il est mort?...

— Mario est mort!

— Vous le connaissez, et vous ne le savez pas? Il y a quinze jours, il était là où vous êtes, et, contre son ordinaire, il avait passé la nuit à Codroïpo chez son ami, le riche docteur Fabricius, pour faire ses dévotions. Je lui vendis toute ma lazagne. — Achetez, monsieur, achetez ma bonne lazagne

— Elle est achetée. — Continuez, Nina, je vous en prie, et je ne vous retiendrai plus.

Ses yeux s'éclaircirent; ils rayonnèrent. Le contraste que faisait avec la nature de son récit cette innocente joie de jeune fille, si heureuse de remettre une robe de toile de Perse à bouquets, me serra vivement le cœur. Je déposai un sequin sur son éventaire, et je l'écoutai depuis sans la regarder.

— Vous me donnez beaucoup trop, monsieur, et je ne saurais comment changer...

— Je vous donne trop peu, Onorina, mais continuez, continuez seulement!...

— La nuit avait été bien mauvaise; qu'importe! Rien ne pouvait arrêter le seigneur Mario quand il avait mis quelque chose dans son esprit. « Il faut que je traverse le torrent quelque temps qu'il fasse, dit-il au docteur, j'ai des raisons pour cela; d'ailleurs je reviendrai bientôt, et si j'étais retenu, les renseignements que je vous ai donnés vous permettent de vous passer de moi. » Hélas! il ne revint pas, et il ne reviendra jamais!

— Et encore, apprenez-moi du moins, comment cela est arrivé...

— Je vous dirai, monsieur, ce que j'en ai entendu dire. Tous les jours avaient été très doux jusqu'à cet orage; il faisait si beau dans le carnaval! les neiges s'étaient fondues aux montagnes; les rivières s'étaient grossies, de manière que le Tagliamente, augmenté par la pluie de la veille, était large et houleux comme un bras de mer. Le batelier ne voulut pas s'exposer à passer, mais le seigneur Mario se mit à la rame avec son Albanais, je ne sais si vous le connaissez, et ils allèrent longtemps, longtemps, bien loin, bien loin, sans malheur; mais ils ne furent pas plutôt arrivés au milieu du courant, où est l'endroit dangereux, que voilà la vague qui monte tout à coup à perte de vue, et qui passe sur le bateau, et le bateau qui disparaît. Le seigneur Mario, qui nageait comme un poisson, ne s'en inquiétait guère; mais l'Albanais, qui était un homme vieux de près de quarante ans, se débattait inutilement contre le flot. Les gens qui regardaient de la rive droite disent que c'était une chose terrible, car le seigneur Mario avait à peine fendu l'eau de quelques brasses qu'il était forcé à retourner pour ressaisir son domestique et pour le ramener avec lui, parce qu'il était si bon et si courageux, le brave homme, qu'il aurait hasardé cent fois sa vie pour celle d'un paysan! — Il y avait une heure que cela durait, et toutes les barques s'étaient avancées aussi près que possible du courant sans y entrer pour leur porter du secours. Alors on vit distinctement l'Albanais s'arracher des bras de son maître, et plonger dans le gouffre à dessein de mourir seul. Oh! le noble Mario était bien capable de gagner le rivage s'il l'avait voulu, mais il plongeait toujours après l'Albanais qui s'obstinait à se renoyer toujours en lui criant des choses qu'on n'entendait pas. Il le ramenait sur le fleuve, il redescendait avec lui, remontait et reparaissait encore, — et enfin on ne les vit plus ni l'un ni l'autre, et jamais leurs cadavres ne se sont retrouvés. On assure dans le pays que cela avait été prédit par le prophète de Ravenne, ou par un autre.

Je laissai pendre ma tête sur mes genoux, et je ne parlai pas, je ne pensai pas.

Onorina me tira doucement par le pan de mon habit.

— Voilà l'heure de la procession qui sonne. — Achetez, monsieur, achetez ma belle lazagne; il n'y a pas de meilleure lazagne à Venise!...

— Es-tu encore là, petite, et ne t'ai-je pas payée? Va mettre ta robe de toile de Perse et tes rubans avant qu'on ait pris ta place.

— Alors, dit-elle, prenez votre lazagne, monseigneur; car si je reparaissais devant ma belle-mère avec la corbeille et l'argent, elle supposerait, tant elle est méchante, que j'ai gagné ma journée à quelque œuvre de péché.

Et pendant ce temps-là, elle introduisait dans la longue poche de ma redingote de voyage un sac copieux de lazagne.

— Que veux-tu que je fasse de ta lazagne? lui dis-je en riant malgré moi, je n'en ai pas besoin.

— Et les pauvres, répondit-elle, et les affamés?

Mme sainte Honorine mourut à défaut d'un sac de lazagne !

Cette idée me frappa : le tableau du Pordenone se représenta devant mes yeux comme je venais de le voir. J'éprouvai un invincible désir de le revoir encore : je me levai. Onorina n'y était plus.

La première messe était assez avancée ; je m'agenouillai au fond de la chapelle. Après quelques instants de recueillement, je promenai mes yeux sur les fidèles : une poignée de pauvres gens du peuple qui venaient là implorer l'intercession de la sainte et les grâces de Dieu avant de reprendre leurs labeurs quotidiens ; dignes et pieuses familles de l'indigent qui travaille, qui croit, qui prie et qui aime, et auquel le royaume des cieux est assuré, selon mon cœur comme selon l'évangile. Une seule femme, qui se confondait avec la foule par sa ferveur et son humilité, s'en distinguait par une sorte d'élégance d'ajustement, une cape de soie noire à petites dentelles d'argent. Elle passa devant moi quand l'office fut fini, en soulevant négligemment un coin de son voile, et s'arrêta vers la porte après avoir laissé tomber dans chaque tronc une aumône qu'elle cachait de la main.

— Honorine ? dis-je à basse voix en m'approchant d'elle pour l'accompagner, comme l'autorise la politesse italienne.

— Honorine Fabricius, répondit-elle gaiement quand nous fûmes arrivés au parvis ; et pour mieux me recommander au tendre et touchant intérêt que vous portez à toutes les dames, la fiancée de votre ami Joseph Solbioski. Je vous laisse à deviner les occupations qui le retiennent ce matin aux environs de Codroïpo ; mais il vous attend demain matin aux bateaux du Tagliamente, une heure avant le jour, et ce signe singulier qu'il m'a chargé de vous remettre ne vous permettra aucun doute, suivant lui, sur l'autorité de ma mission. Promettez donc, et ne me suivez pas! »

Le signe, c'était le fragment de la bûchette mystique que Mario avait rompue à la *vendita*; il était lié, comme la lettre de Diana, d'un petit ruban cramoisi, à la livrée de sa gondole.

Je protestai de mon exactitude par une inclination respectueuse, et Honorine disparut sans peine au milieu de la multitude qui couvrait l'escalier et qui encombrait les rues; car la procession arrivait avec toutes ses magnificences pour venir prendre la châsse. Je cherchai autour des paniers de fleurs la petite Onorina. Elle y était déjà, et superbement vêtue de sa belle robe de toile de Perse à bouquets, et si préoccupée, l'heureuse fille, de sa parure et de sa beauté, que je ne fus pas étonné du tout qu'elle ne prît pas garde à moi; elle avait bien d'autres pensées!...

Je n'étais pas encore arrivé, la nuit suivante, à l'endroit du rendez-vous, que je m'entendis nommer dans l'obscurité par une voix connue. Je m'arrêtai aussitôt et j'embrassai Solbioski.

— Tu ne verras personne ce matin de la famille du docteur, me dit-il; elle est partie hier pour Saint-Veit, sur la rive où nous allons aborder, et M. Fabricius doit seul nous rejoindre demain au château de notre malheureux ami Mario, dont tu ne peux ignorer la destinée. Il a cru devoir faire l'acquisition de ces ruines dont le séjour serait, dit-on, trop sévère pour des femmes. N'impute donc pas notre séparation à quelques insultantes précautions de la jalousie, quoique tu m'aies donné lieu d'en concevoir un peu. Dans peu de jours, mon Honorine recevra de toi un baiser de frère, et la mobilité de ton cœur me promet que tu oublieras facilement un amour contracté sous le masque.

J'allais me justifier. Il m'embrassa de nouveau en riant.

— Écoute des explications plus essentielles, reprit-il, et commence par me pardonner de ne t'avoir pas ouvert toute mon âme dans nos entretiens. Livré par le malheur de ma destinée à ces idées qui ont failli perdre irréparablement la tienne, je te voyais avec plaisir t'en distraire et t'en éloigner pour des études pleines de charme auxquelles tu es appelé par tous les souvenirs de ton éducation et par tous les penchants de ton caractère. Mon père apprit cependant de Mario que tu lui appartenais par un serment; il l'apprit dans une occasion solennelle. C'était la veille du tragique accident qui a ravi à la liberté son épée d'Italie. Ce dernier malheur nous aurait détournés plus que jamais de t'entraîner avec nous dans nos travaux et dans nos dangers, si quelques mots échappés à Mario ne nous portaient à croire que la *Torre Maladetta* cache quelques secrets qui ne sont connus que de toi. Les signaux qu'il t'envoyait, ce bâton rompu, ce ruban, ces couleurs, tout cela est un mystère qui nous reste célé si tu ne nous le découvres, et qui compromettrait peut-être la vie d'une multitude de nos frères, si les recherches auxquelles nous allons nous livrer n'étaient éclairées que par le hasard. C'est ce qui a décidé M. Fabricius à prendre possession du vieux castel des Cinci, où tu ne resteras d'ailleurs qu'autant qu'il le faut pour nous diriger, dans le cas où tu ne répugnerais pas à m'y suivre.

— Te suivre en enfer, s'il le faut, répondis-je ; mais ce mystère est impénétrable à ma pensée comme à la tienne. Mario l'a emporté dans le torrent. Il ne me reste, comme à toi, qu'à le deviner.

— Auparavant je te dirai tout ce que je sais.

Et je lui dis tout ce que je savais.

— J'ai entendu parler de cet événement, dit Solbioski après un moment de réflexion. Une femme enlevée ! On n'a jamais enlevé femme à Venise, depuis dix ans, qu'on ne soit venu la chercher à la *Torre Maladetta*, mais toujours sans succès. Mario devait ce tribut à sa réputation romanesque et, je pense, un peu fantastique. On y a cherché Diana, qui n'y était point, et on a profité de cette occasion pour visiter les recoins les plus cachés d'une retraite si justement suspecte à nos ennemis. Il n'y a pas deux opinions aujourd'hui sur cette déplorable histoire. La commémoration même des couleurs de Diana dans le dernier message de Mario ne prouve rien. Ce n'était qu'un appel de plus à ton souvenir. Mlle de Marsan périt en effet le jour de son départ de Venise, après avoir écrit le billet que tu en as reçu à Trieste, et je suis persuadé que son père en avait acquis de tristes preuves, puisqu'il lui a survécu si peu de jours.

— Son père aussi, m'écriai-je ! le père de Diana aussi ! M. de Marsan serait mort !...

— Eh bien ! que fais-tu donc ? reprit Solbioski en passant son bras autour de mon corps. Tout doit mourir autour de nous, et avant nous les vieillards, si nous ne dérobons au temps une généreuse mort. Retourne à Codroïpo, mon frère, ou viens avec moi à la *Torre Maladetta*, et je crois que nous serions bien malheureux s'il lui reste ce soir un secret pour nous. Il en est peut-être quelques-uns qui intéressent le sort de nos amis et celui du genre humain.

Je lui répondis en m'élançant sur le bateau ; car nous étions parvenus, en causant, jusqu'à la grève roulante et penchée que l'aube blanchissait déjà.

— Bon courage! cria le batelier. La passe sera forte ce soir, et monseigneur Mario ne serait pas mort s'il s'y était pris comme ces nobles seigneurs avant l'heure où le soleil échauffe et fond les glaçons. Ah! que c'est une saison dangereuse pour le pauvre voyageur! Mais il s'en souciait bien, lui qui se serait colleté avec le démon, si le démon avait osé se trouver en face de lui sur la terre! Aussi le démon n'avait garde. Il l'attendait au piège où il l'a pris, pour le malheur des pauvres gens de la contrée. — Voyez, voyez, comme le courant donne déjà! Ces gros bouillons sont d'un mauvais présage à la soirée. En avant, batelier, en avant!

Et il chanta. Les vagues commençaient en effet à se rouler autour de la rame en flocons écumants. Les nuages se débrouillaient de plus en plus, et quand nous fûmes sortis du courant pour rentrer dans les eaux mortes, le soleil luisait déjà gaiement à leur surface, en les marbrant devant nous de larges losanges d'un vert foncé, encadré de filets tremblants d'un jaune d'or. Quelques oiseaux de mer, qui remontent jusque-là au temps des grandes eaux, les rasaient de leurs ailes, et le lieu du débarquement se déployait triste, sévère, profond, sous la lumière horizontale qui gagnait graduellement le rivage. Solbioski, accablé de veilles, s'était assoupi contre moi, et j'étais seul à jouir de ce spectacle, quand un nouvel incident le changea. La barque tourna subitement sa proue sur un point que je n'avais pas encore remarqué. L'horizon y était fermé par un roc immense en forme de cube, que surmontait un donjon très élevé, mais dont le sommet ruineux s'inclinait comme la tête d'un géant blessé à mort. Les vastes murailles qui l'avaient appuyé autrefois, dégradées par le temps, par la foudre et par le canon, ne se soudaient plus que par quelques pierres à ses épaules inégales, et s'étendaient de part et d'autre comme des bras fatigués qui allaient reposer leurs larges mains sur les angles de la montagne. Ce qui me frappa le plus, c'est qu'un balcon arrondi, seul vestige de sa plate-forme qui fût resté suspendu sur l'abîme, paraissait avoir été adapté à ce séjour de terreur dans des années de paix et de joie. J'en étais assez près alors pour distinguer tous ces détails, et pour comprendre que ces bâtiments et leur base devaient s'isoler du monde entier, à toutes les crues du Tagliamente. Nous débarquions alors, et nous n'avions pas plus de vingt toises à parcourir avant de gagner les degrés taillés dans le roc qui conduisaient au château. Le batelier reprit brusquement le large, après nous avoir quittés.

Le sol se composait d'énormes galets roulés, ovales ou ronds, qui noircissent là depuis des siècles sous l'action alternative de l'air et des eaux, mais dont un grand nombre sont relevés de taches hideuses par les lichens couleur de sang. Le pied a peine à s'y affermir, car il n'y a point de route tracée, et la crainte des invasions quelquefois subites du Tagliamente, dans ce long défilé entre la rivière et la montagne, en éloigne moins les paysans riverains que d'anciennes et formidables superstitions. Le domestique de Solbioski, chargé de notre mince bagage, ne s'y engageait qu'avec une sorte de terreur. Puck ne m'y précédait pas à son ordinaire. Il m'y suivait en hurlant.

Le silence de Solbioski me fit penser qu'il n'était pas tout à fait dégagé de ce sommeil du matin qui venait de le ressaisir, à la suite, sans doute, de bien des jours de fatigues et d'émotions.

— Où allons-nous, mon ami? dis-je en le prenant par le bras pour assurer mutuellement notre marche.

— Me le demandes-tu? dit-il en tournant sur moi un regard abattu, car il n'avait pas tardé à partager mon impression. Nous allons à la *Torre Maladetta*, et la *Torre Maladetta*, la voilà!

TROISIÈME ÉPISODE

LA TOUR MALADETTA OU LA FAMINE

DEPUIS l'acquisition que le docteur avait faite de la *Torre Maladetta*, elle était occupée par un de ses régisseurs que j'avais vu à Trieste, homme petit de taille et de capacité, fort claudicant de la jambe droite et du jugement, singulièrement exagéré en doctrines politiques, — c'est le propre des sots, — extraordinairement méticuleux en exécution, mais plus retors dans les affaires d'intérêt qu'on n'aurait pu l'attendre de son intelligence. Je n'aurai guère d'occasion d'en parler, et il suffira de savoir qu'il s'appelait Bartolotti.

A notre arrivée, M. Bartolotti n'était point

au château. La peur l'en avait délogé depuis trois jours.

— La peur, signora Barbarina, dit Solbioski à la vieille et inamovible concierge, en apprenant cette nouvelle de sa bouche, la peur, dites-vous ! Et quelle peur peut-on éprouver à la *Torre Maladetta*, si ce n'est celle d'être un jour écrasé dans sa chute? Mais elle dure depuis si longtemps, menaçant de tomber toujours, et tant de générations sont couchées à ses pieds, qu'il faut espérer qu'elle restera debout au moins aussi longtemps que nous.

— Ce n'est pas tout à fait cela, répondit la vieille après nous avoir fait asseoir dans le vaste parloir du rez-de-chaussée : il y a bien d'autres choses à dire sur cette noble habitation à laquelle je suis accoutumée depuis l'enfance; car mes pères ont toujours vécu ici, et le premier était venu de Rome avec le premier Cinci. Maintenant m'y voilà restée seule, décrépite et penchée comme la tour, et sans laisser personne qui prenne le soin de jeter un pauvre drap de mort sur mes os ! Le Tagliamente nous recouvrira, la tour et moi, et tout sera fini. Que le Ciel fasse paix à ceux qui ont, comme nous, une bonne conscience ! Mais je ne me rappelle plus ce que je vous disais tout à l'heure? Ah ! j'ai vu bien des événements dans la *Torre Maladetta*, si ce n'est de ces derniers temps, que je suis devenue infirme et cassée, et qu'il me reste à peine la force de marcher du parloir à la porte, et de revenir de la porte au parloir, tant je suis accablée d'âge et d'ennuis. Depuis quelques années, je n'étais plus rien au château ; l'Albanais de monseigneur entrait toujours le premier, me prenait brutalement les clefs, car il était impérieux et téméraire comme son maître, et me soutenant de la main pour hâter ma marche, il me renfermait ici à double tour, en me criant de sa grosse voix : « Bonne nuit, Barbarina ! les femmes de votre âge ne sont plus bonnes qu'à dormir ! » Je vous demande, messeigneurs, si c'est ainsi qu'on traite une vieille domestique, née de pur sang romain, qui nous a veillé au berceau, et qui nous a porté si souvent dans ses bras jusque sur les créneaux pour voir les étoiles de plus près. C'était l'idée qui tourmentait le sommeil de monseigneur quand il était petit, et sa mère, la pauvre signora, déjà bien malade au lit, me criait : « Que faites-vous donc, Barbarina, que vous ne portez pas Mario sur les créneaux pour voir les étoiles ? Voulez-vous le laisser mourir de sa crampe et de sa colère ? » Alors je l'enveloppais de son drap, et je le recouvrais de ma cape ou du manteau de son père, et je montais, je montais jusqu'au donjon ; mais il y a plus de vingt ans qu'on n'y monte plus. Et c'était un contentement quand il voyait les étoiles ! Il ne parlait pas encore, mais il avait des cris pour les nommer toutes. Hélas ! ce n'est pas de la terre qu'il les voit aujourd'hui, mon malheureux enfant !

— Voilà qui est bien, Barbarina ; mais ceci s'éloigne un peu de notre sujet. Nous jugions d'abord, par le commencement de votre récit, que vous aviez eu à vous plaindre des procédés de Mario.

— Me plaindre de monseigneur Mario ! ô mon Dieu ! ai-je dit cela ? Ce n'est pas sa faute s'il était devenu triste et sauvage ! Mais il ne me disait plus ses chagrins comme du temps qu'il était tout jeune. Il n'avait de confiance que dans son Albanais. Quand je lui en faisais reproche, il s'arrêtait devant moi et croisait les bras en riant, et cela me faisait plaisir de le voir rire. « Brava, brava, Barbarina ! Je n'agirai plus sans vous consulter : mais c'est à condition que vous ne vous laisserez manquer de rien, que vous vivrez ici comme une châtelaine, et que vous vous coucherez de bonne heure. Quant à vous enfermer chez vous, c'est une précaution qui regarde votre sûreté et la mienne. » Et là-dessus il me baisait sur le front en riant encore, et il me prenait sous les deux bras pour m'asseoir dans mon fauteuil.

— Arrivons donc, Barbarina, au sujet de la peur de M. Bartolotti !...

— Eh bien ! répondit Barbarina, ne croyez-vous pas qu'il y ait de quoi, quand on n'en a pas l'habitude ? Vraiment, pour moi, je n'y prends plus garde ! Mais ces bruits sourds qu'on entend sous les voûtes, comme si on voulait les renverser ; mais ces cris plaintifs qui partent de tous les côtés des ruines, tantôt ici, tantôt là ; mais ces deux dames noires qui déploient, en signe de désolation, des écharpes rouges et blanches sur le balcon de l'ancienne plate-forme, avec des gémissements à fendre le cœur ! — Vous n'êtes pas sans savoir, messieurs, le nom de la signora Lucrezia et de la signora Béatrice Cinci ?

— Oui, oui ; nous connaissons cette histoire ; mais elles sont mortes depuis plus de deux siècles.

— Mortes en effet, et c'est pour cela qu'elles reviennent où ne pourraient venir des vivants ; car aucun être vivant ne parviendrait maintenant, ni du dedans ni du dehors, au balcon de la plate-forme, s'il n'avait les ailes d'un oiseau. Je les avais bien entendues deux fois déjà dans ma trop longue vie, quand Felippino Cinci, le grand-père de Mario, fut tué à coups de stylet sur la place Saint-Marc, et puis quand son père André eut la tête coupée par arrêt de justice, en face de l'arsenal, mais jamais leurs gémissements n'avaient été plus douloureux, à ce qu'on assure, que depuis la mort de mon très digne seigneur, le noble Mario; et cela est bien naturel, puisqu'il est le dernier de leur race. Enfin, Dieu soit loué d'avoir épuisé sa colère ! Ces pauvre âmes n'auront plus rien à pleurer !

— Il suffit, dis-je à Barbarina : nous savons, ma chère dame, tout ce que nous voulions savoir. Un de ces enfants qui nous ont guidés ira chercher M. Bartolotti au village voisin, où il s'est réfugié. Ton domestique, ajoutai-je en me retournant vers Solbioski, prendra soin de nous préparer des lits, s'il est possible, dans la chambre que cette bonne femme lui indiquera, et de s'assurer aux environs de provisions suffisantes avant l'invasion totale du Tagliamente. Nous enfin, nous profiterons du jour, si tu m'en crois, pour tout parcourir et pour tout voir. Ou je me trompe étrangement, ou ceci en vaut la peine.

La distribution de l'intérieur ne nous offrit rien qui méritât d'être remarqué. De vieilles parois, de vieilles boiseries, des meubles caducs, des tapisseries en lambeaux, tout l'aspect délabré d'une vieille maison qui s'écroule faute de soin ou d'argent; pas un endroit où cacher un crime ou une bonne action ! Puck, qui furetait avec plus d'habileté que moi, se coucha en bâillant.

Quand cette perquisition inutile fut terminée, nous redescendîmes sur le rocher.

— Maintenant, fais le tour de cette enceinte,

dis-je à Solbioski, pour reconnaître les points les plus accessibles, car c'est de l'extérieur que doivent venir les auteurs mystérieux de ces épouvantes, si elles sont fondées sur quelque chose de réel. Pendant ce temps-là, je visiterai soigneusement ces murailles, et je saurai s'il y a effectivement moyen d'y pénétrer.

Leur approche était fort difficile à la base, à cause des nombreuses dégradations qu'elles avaient souffertes et des énormes amas de décombres qui s'y étaient accumulés; mais à l'endroit où leur déclivité ruineuse, augmentée de siècle en siècle, faisait pendre les deux pans latéraux vers le sol, on les gravissait presque aussi aisément qu'une échelle inégale et hasardeuse prolongée entre deux abîmes. C'était un jeu pour mes habitudes de naturaliste mon pied de montagnard, et mes yeux exercés à sonder les précipices les plus effrayants sans crainte de vertige. Ainsi, je m'engageai dans cette route extraordinaire sans regarder derrière moi, et sans prendre garde au croulement, jusqu'au lieu d'où s'élevait le donjon, sur un entablement plus commode et mieux conservé que le reste. Je n'avais pas oublié que cette partie de la tour penchait beaucoup à la vue depuis le Tagliamente, et je profitai du cette inclinaison pour en atteindre le sommet, en introduisant successivement mes mains et mes pieds dans tous les endroits où la chute d'une pierre avait laissé un espace vide. Je fus bientôt debout sur le front chancelant de ce colosse que j'avais mesuré avec effroi le matin.

Le spectacle qu'on embrassait de cette hauteur était si large et si profond, que, malgré toute mon assurance, je sentis ma tête prête à tourner. Je m'étais trouvé souvent sur des sommets plus élevés, mais solides au pied, et tout au plus perpendiculaires au regard. Celui-ci tremblait presque sous mon poids, et il surplombait d'une manière horrible la vallée du Tagliamente. Je m'assis sur un tas de pierres formé des débris du parapet, que le temps y avait amassés confusément, et je détournais les épais moellons un à un, dans l'intention d'affermir mes pas sur une surface plus unie. Quand j'en eus relevé un assez grand nombre à mes côtés, j'essayai de marcher pour découvrir de là dans tout son ensemble immense le tableau qui se développait devant moi. J'entendis résonner sous le fer de mes bottes une sorte de bruit métallique, et je me baissai avec empressement, afin de savoir d'où il pouvait provenir. J'écartai de la main quelques pierres qui m'embarrassaient encore : c'était une trappe. Je me rassis pour continuer à déblayer et pour dégager entièrement cette trappe dont je voyais déjà deux côtés. Il me semblait important de m'assurer si elle était retenue à l'intérieur, ou seulement arrêtée par sa propre pesanteur dans l'encadrement de dalles où l'ouverture qu'elle fermait avait été ménagée. Je comprenais cependant que l'inclinaison progressive de la tour, en la surchargeant d'un fardeau énorme sur le côté même où ses charnières devaient se fixer, en avait probablement rendu le jeu impossible ou très difficile, et le long temps depuis lequel son simple mécanisme était resté sans exercice, au moins selon toutes les apparences, avait nécessairement contribué aussi à la souder dans son champ. Je l'eus bientôt tout à fait découverte, mais je ne portais d'autre outil que le ciseau et le marteau du minéralogiste, qui ne quittaient jamais ma ceinture. J'introduisis mon ciseau dans la fente que je jugeai opposée aux ferrures, et je produisis sans trop d'efforts, à ma grande satisfaction, un déplacement de quelques lignes. Il n'en fallait pas davantage pour me convaincre que la trappe n'était fixée en dedans ni par gonds ni par verrous, et que ce moyen de nous introduire dans la tour serait infaillible, s'il pouvait jamais nous devenir nécessaire. Ensuite, je redescendis lentement, en assurant mes pieds avec précaution sur chacun des degrés accidentels de cette ruine, pour contempler d'espace en espace les modifications que le moindre changement apportait au tableau général, à mesure que je tournais le front du donjon ; suivant quelquefois du regard le long ruban du Tagliamente, qui bouillonnait toujours, bleu, moiré de vagues blanches, rapide et sonore, mais encore éloigné des bases du rocher ; tantôt le reposant sur la tour brune, solitaire et carrée de Saint-Veif, sœur plébéienne de la noble tour de Saint-Marc ; tantôt l'égarant au loin sur les lagunes aux canaux d'un vert mat et vitreux, comme ceux dont les bimbelotiers ornent les paysages en relief qu'on donne aux enfants, à travers d'innombrables îlots tout rougissants de bourgeons printaniers.

Mon absence fut assez longue pour donner des inquiétudes, car Solbioski était revenu sur ses pas de son voyage circulaire, en s'arrêtant à l'endroit où il lui devenait impossible de le continuer, et M. Bartolotti rentrait au château. Puck, qui avait retrouvé ma trace, gémissait lamentablement sur la dernière pierre des murailles inférieures, et regardait la tour en pleurant.

J'arrivai. J'échangeai rapidement quelques détails avec Solbioski. La découverte de la trappe du donjon le préoccupa sérieusement. Nous convînmes d'envoyer son domestique en observation sur le seul point pénétrable qu'il eût remarqué, pour nous mettre à l'abri d'une incursion inattendue, et nous nous rendîmes dans la salle commune au banquet fort modeste que nous avions fait préparer. La nuit commençait à tomber, mais la lune était superbe.

M. Bartolotti paraissait si inquiet, si gêné, si péniblement attentif sur la chaise longue où nous l'avions placé par honneur, que le commencement du repas se ressentit malgré nous de sa tristesse. Au bout de quelque temps, cependant, nous nous regardâmes, Sobiolski et moi, comme pour nous demander si nous sympathisions aux dispositions mélancoliques de son esprit, et nous partîmes d'un éclat de rire. Cette boutade nous détourna des idées noires qu'inspirait assez naturellement ce triste séjour, et auxquelles semblait se conformer l'appareil d'une salle incommensurable où nos trois lits étaient disposés de distance en distance comme des couches funèbres, imparfaitement éclairées par les deux minces flambeaux de la table où nous étions assis. Toutefois, notre conversation retomba d'elle-même, comme c'est l'usage, sur les idées que nous avions le plus à cœur d'éviter, mais en se soutenant sur ce ton badin qui est la bravoure des esprits forts.

Solbioski se leva enfin, et, me tendant son verre avec solennité pour le choquer contre le mien : « Je bois, dit-il, à l'éternel repos de la famille des Cinci, et de tous les morts qui ont jamais habité ces redoutables murailles! Que le ciel s'ouvre un jour à leurs mânes tragiques, et qu'en attendant la terre des tombeaux leur soit légère ! »

J'allais répondre à sa provocation, car c'était le moment de nous coucher, et les fatigues de la journée nous en faisaient sentir le besoin, quand un choc violent ébranla les voûtes sous nos pieds. Nous restâmes un instant sans parler.

— Ce n'est rien, reprit Solbioski ; le Tagliamente monte sans doute et vient frapper les fondements de la tour par une voie souterraine qu'il s'est faite.

— Cela est probable, répondis-je en me dirigeant du côté de la fenêtre; mais il était visible que le Tagliamente n'avait pas pris le moindre accroissement. Je le vis blanchir à la même distance qu'auparavant contre les mêmes rochers.

Pendant ce temps-là, le même bruit s'était renouvelé plusieurs fois, suivi de gémissements semblables à la plainte d'un agonisant. Puck en arrêt, l'œil en feu, les oreilles dressées, l'accompagnait à chaque reprise d'aboiements douloureux. M. Bartolotti, pâle comme un spectre, se choquait les dents d'épouvante.

— Il y a certainement ici, et non loin de nous, repris-je alors, quelque chose d'extraordinaire qu'il nous importe de connaître. Cette pièce est de toutes parts enceinte par les murailles, mais sur quoi repose-t-elle? Si je ne me trompe, le bruit vient d'en bas.

Au même instant, je soulevai le vieux tapis qui couvrait le sol, et je ne découvris sur les quatre coins qu'un enduit de pouzzolane fermement cimenté, dont j'eus peine à faire voler quelques éclats en le frappant de mon ciseau à coups de marteau redoublés. Je le pénétrai enfin dans toute son épaisseur, et je ne m'arrêtai qu'au roc nu.

— Le rocher! m'écriai-je, le rocher! Plus rien que le rocher! Oh! ce mystère est horrible!

Solbioski se rapprocha de moi, me saisit fortement les bras et m'entraîna dans l'embrasure de la croisée.

— Ce mystère, dit-il, l'humanité nous fait un devoir de l'approfondir; mais nous n'en trouverons l'explication que dans la tour. J'ai remarqué ici tout ce qui peut nous être utile pour tirer parti de la découverte que tu as faite ce matin, et je t'attends à minuit pour cette expédition, au pied des ruines par lesquelles tu es parvenu au donjon. Songe seulement que nous ne pourrions mettre cet homme faible dans le secret de notre entreprise sans achever de le briser de terreur, et qu'il conviendrait mieux de le rassurer par une insouciance affectée!

— Nous sommes bien fous, continua-t-il en venant se remettre à table, de nous laisser émouvoir par de fausses apparences qui s'éclaircissent assez d'elles-mêmes. Le docteur Fabricius, qui fréquente depuis longtemps ce château, et qui en connaît les détours les plus cachés, a jugé à propos d'exercer notre résolution par une épreuve d'un genre nouveau, comme c'est l'usage dans le *Tungend-Bund*, parce qu'il nous réserve probablement pour cette nuit les honneurs de la haute initiation à laquelle aucun de nous trois n'est encore parvenu, si M. Bartolotti n'est toutefois de la confidence, et je serais assez porté à le croire un des acteurs essentiels de cette scène, au talent parfait avec lequel il vient de jouer les émotions de la peur, si difficiles à contrefaire

6

pour un brave tel que lui. Heureusement des cœurs comme les nôtres ne se laissent pas vaincre à des prestiges de roman, et nous portons défi de ce verre de Sebenico, préparé pour un toast, à tous les périls qui peuvent alarmer une âme d'homme.

Bartolotti, flatté et fier d'être flatté, comme le sont ordinairement les gens de peu de cœur et de peu d'esprit, avait repris en effet assez d'assurance pour présenter son verre sans trembler au flacon de Solbioski, et pour le laisser arroser d'un rouge-bord horizontal dont il ne tomba pas une goutte.

J'avouerai que l'hypothèse rencontrée si à propos par Solbioski n'était pas dépourvue pour moi de toute vraisemblance, et qu'elle me faisait comprendre assez distinctement l'absence extraordinaire du docteur, au moment où la crue du Tagliamente pouvait rendre la *Torre Maladetta* inaccessible pendant plusieurs jours. Nous arrivâmes donc à rivaliser de bravades, comme si tous les synodes et toutes les *vendite* de l'Allemagne et de l'Italie nous avaient entendus, au point de couvrir tous les bruits qui se seraient élevés sous nos pieds, et nous nous jetâmes au lit plus ou moins tranquilles; mais avec cette différence que Solbioski et moi, qui ne destinions pas cette nuit au sommeil, nous ne quittâmes point nos vêtements.

Quand le silence se fut rétabli, j'écoutai plus attentivement que je n'avais encore fait. Le choc retentissant avait cessé de se faire entendre ; mais je saisissais de temps à autre une plainte lamentable comme le glas d'une cloche éloignée, et Puck, à demi endormi, traînait sur ce murmure le murmure douloureux d'un chien qui rêve.

Solbioski sortit enfin le premier, ainsi que nous en étions convenus, pour se munir du levier et des autres instruments qu'il jugeait nécessaires à notre investigation nocturne. Peu de temps après, je me glissai au dehors en retirant doucement la porte sur moi, pour que Puck ne se hasardât pas à me suivre dans une route interdite à son courage et à sa fidélité. Je gagnai la pente des murailles; et je n'attendis qu'un moment. Joseph me rejoignit avec tout l'équipage nécessaire à de pareilles aventures, contenu dans un sac de chasseur. Nos ceintures étaient garnies chacune de deux pistolets, et la mienne d'un bon poignard, outre le ciseau et le marteau accoutumés. Je marchais devant, la lanterne sourde au poing. Joseph, moins aguerri à de tels chemins, s'appuyait derrière moi sur la forte barre de fer qui devait nous servir à soulever la trappe. L'accès du donjon qui était, en apparence, la partie la plus périlleuse de notre voyage, offrait cependant peu de difficultés sous la lumière pleine et pure de cette nuit resplendissante.

Après quelques efforts, notre marche, enhardie par les premiers obstacles, se ralentit un peu. J'entendais moins distinctement les pas de Joseph à la suite des miens. Je me retournai et je vis qu'il reprenait haleine. J'ai dit que nous étions déjà fatigués par les courses du matin. Je l'encourageai de la voix : il monta ; mais je m'arrêtai bientôt à mon tour. Nous ne gagnions pas trois ou quatre toises sur la hauteur que l'espace ne s'approfondît en apparence à droite et à gauche dans une proportion qui n'avait plus de rapport avec nos progrès réels. Je n'étais pas accoutumé au vague de ces clartés en la nuit qui dérangent tous les calculs de la vue en changeant la forme, la couleur et la distance des objets de comparaison. Les fossés n'avaient plus de fond, et la tour dressée sur nos têtes n'avait plus de sommet. Les moindres renfoncements étaient redoutables à voir, les moindres inégalités périlleuses, et les débris que nous laissions çà et là derrière nous avaient l'air de se dresser à notre poursuite comme des têtes menaçantes. A mesure que l'horizon devenait plus large et plus clair, le penchant que nous gravissions semblait devenir plus sombre et plus étroit ; la région inférieure que nous venions de quitter, inondée du jour lunaire, paraissait infinie et vide comme le ciel ; et la voix furieuse du Tagliamente, toujours croissant, qui mordait ses rivages en criant, parvenait seule à nos oreilles de tous les bruits de la terre. C'était affreux comme une vision.

Nous fûmes heureux, je l'avouerai, de nous asseoir sur le petit ressaut du donjon, quoiqu'il n'eût pas plus de saillie qu'il n'en fallait pour nous appuyer commodément contre la tour, à cent cinquante pieds au-dessus du sol. Il était temps, la dernière pierre sur laquelle Joseph eut appuyé son pied s'ébranla, roula, en entraîna cent autres dans sa chute. Elles arrivèrent en bas avec un fracas de tonnerre.

— Voilà *notre chemin détruit*, me dit-il en se pressant soudainement contre moi.

— Le voilà renouvelé, repris-je, et beaucoup plus aisé à parcourir au retour. Tu sais mieux que moi, mon frère, que toutes les constructions oniques ou pyramidales qui s'éboulent sous l'action, du temps ou les efforts de l'homme, ne font que leur pente et qu'élargir leur base. Ce sont des accidents pareils qui nous ont permis de monter jusqu'ici.

— Tu as raison, répondit Solbioski, mais la tour, cette horrible tour, comprends-tu un moyen de t'y élever ?

J'étais à vingt pieds au-dessus de lui avant de lui avoir répondu, et il me suivait alternativement, de vide en vide ou de degré en degré, selon que la tour présentait des intervalles ou des reliefs à la clarté de ma lanterne tournée sur la muraille, en glissant ses mains dans tous les endroits que mes pieds abandonnaient, ou en les appuyant sur toutes les saillies où ils s'étaient reposés. Parvenu près du sommet, je le débarrassai de son levier et du reste de ses ferrements, et je les jetai dans l'intérieur du donjon, où il arriva presque aussitôt que moi, quoiqu'il ne se fût pas exercé comme moi le matin aux difficultés de cette ascension extravagante.

La retraite n'était peut-être pas aisée, mais nous n'y pensâmes guère. Nous étions au-dessus de la *Torre Maladetta*, et nous nous embrassâmes en riant sur ce donjon, où il est permis de croire que personne n'avait jamais ri. Nous nous trouvions si bien au milieu de cet air élastique et frais qui jouait dans nos cheveux ! Il faisait si beau ! la nuit était si douce ! le serein si suave et si caressant ! et lui, mon Joseph, il ouvrait son cœur à un si bel avenir ! Ce fut une courte mais délicieuse causerie entre la terre et le firmament, comme celle de deux enfants du ciel, j'osai le penser, qui se seraient posés en volant sur la *Torre Maladetta*.

— Pardonne, dit-il, si je t'ai affligé de ma joie ; Honorine est là, continua-t-il en me montrant

Saint-Veit, dont la tour se dessinait à l'horizon sous nos pieds comme une frêle colonne de basalte noire, et j'oubliais que si Diana était restée au nombre des vivants, elle ne t'appartiendrait pas.

— Viens, lui répondis-je en l'embrassant encore, et laissons là 'mes faiblesses et mes douleurs. Quelqu'un souffre dans cette tour.

Nous indroduisîmes facilement le levier sous la trappe à l'aide de mon ciseau. Bientôt, et qui pourrait exprimer notre joie? nous entendîmes les charnières gémir sous leur axe rouillé. La lourde porte se souleva et s'appuya presque verticalement contre les pierres dont je l'avais débarrassée dans mon premier voyage au donjon. Ma lanterne plongée dans la crypte, au moyen d'une ficelle à laquelle je me hâtai de la suspendre, s'arrêta sur un terrain solide, à six pieds de profondeur.

Je descendis; je promenai la lumière sur tous les points, sur tous les côtés rentrants de l'entablement, et je finis par me trouver placé au-dessus d'un escalier en hélice, beaucoup moins dégradé que l'extérieur.

— Attends, attends, criai-je à Solbioski, nous arriverons, ou je me trompe étrangement, à connaître ce que nous avons tant d'intérêt à savoir.

Il aurait inutilement tenté de me suivre, car je dus disparaître en achevant de parler. La tige de la volute était si serrée dans son tambour qu'on ne découvrait nulle part plus de deux degrés à la fois de sa profonde spirale, et qu'à force de tourner sur elle je sentis mon cœur défaillir et mes yeux se troubler. Je me laissai tomber, étourdi à demi, sur le dernier pas, à une espèce de parvis qui surmontait un escalier plus large et parfaitement direct, où trois hommes auraient pu passer de front. Je fus frappé alors, en le suivant de l'œil jusqu'en bas, d'une lueur inattendue, que je regardai d'abord comme un reste d'éblouissement. Un peu remis, je fis passer ma lanterne derrière la longue colonne de la vis, et je regardai de nouveau. Ce n'était plus une illusion; c'était le ciel, le ciel avec le bleu velouté de la lune, si magnifique et si doux au milieu des ténèbres de cet affreux édifice!

— La lune et le ciel, dis-je en remontant avec empressement, la lune et le ciel! une issue! une issue! la tour est ouverte!

— Une issue, répondit Joseph, oh! pourrions-nous sortir d'ici sans redescendre ces murailles!

Au même instant il s'élança, mais il était à peine à mes côtés que la trappe de fer retomba sur nous, en ébranlant de l'épouvantable commotion de sa chute la ruine chancelante du donjon, qui en retentit dans toute sa hauteur.

— Qu'ai-je fait! dit-il, nous voilà prisonniers, et pour jamais, dans la *Torre Maladetta*; car tous les instruments qui pourraient servir à notre salut, je les ai laissés en dehors.

— Mais ne t'ai-je pas annoncé, Joseph, que j'avais trouvé une issue, une issue facile et sûre que tu n'as pas remarquée ce matin?

— J'ai vu, reprit Solbioski d'un ton soucieux, tout ce que l'homme peut découvrir de l'extérieur de cette tour, et si elle a quelque entrée ruineuse et inaccessible sur les rives du Tagliamente, oses-tu espérer que le Tagliamente ne soit pas débordé?

— Viens, viens, m'écriai-je en l'entraînant, et ne t'abandonne pas à des inquiétudes inutiles. En quelques moments nous serons sortis. Vois plutôt, regarde, regarde...

— Ah ! dit Solbioski, c'est le ciel ! c'est le côté de Saint-Veit ! et la plage était haute encore !

Nous descendîmes une douzaine de degrés du nouvel escalier en nous tenant embrassés, en haletant d'espérance, car il n'y avait plus de crainte. Je voulais arriver plus vite encore ; je courais.

— Arrête ! cria Joseph, et il me saisit de toute sa force ; ne vois-tu pas, malheureux, que l'escalier est rompu ?

Nous nous assîmes alors. Je laissai filer avec précaution deux brasses de la ficelle qui soutenait ma lanterne.

— Bon, bon, repartis-je, rompu ! dis plutôt interrompu à dessein ; car le mur de revêtement qui a remplacé les degrés paraît d'une construction bien plus nouvelle que le reste du bâtiment. Mario s'en est sans doute avisé pour empêcher les communications du dehors avec l'intérieur de son château. C'est au reste une sotte précaution, car un enfant descendrait d'ici sans danger, et tu vois que les degrés ne cessent pas de se prolonger au delà de ce court intervalle. Ils descendent jusqu'à cette porte de lumière qui nous rend à la liberté.

— Un enfant descendrait d'ici, répondit Solbioski ; mais le mur est neuf, comme tu le disais tout à l'heure, et un homme n'y monterait pas. — Reviens, Maxime, reviens. Quatre bras vigoureux peuvent soulever cette trappe..... nous ne l'avons pas essayé. Demain nous nous ferons suivre de Frédéric, que j'ai mal à propos éloigné, et qui est entreprenant et robuste. Nous nous amuserons mieux de nos précautions et de nos ressources ;

nous indiquerons notre itinéraire à quelques voisins courageux que nous attirerons au château à force d'argent, si le débordement ne nous en a pas encore séparés, et nous n'exposerons pas notre vie à des périls sans remède, et peut-être sans utilité.

Nous n'avions calculé ni l'un ni l'autre l'effet d'une action produite par les quatre bras vigoureux dont parlait Solbioski, à une toise de notre point d'appui commun. La trappe s'ébranlait sous nos efforts, mais il aurait fallu d'autres bras au bout des nôtres pour la soulever et pour la replacer d'àplomb auprès des pierres contre lesquelles nous l'avions d'abord appuyée. Mon ciseau ne nous prêtait qu'un secours de peu de valeur, et nous n'avions pas tenté deux ou trois essais que, brisé près du manche, il tomba inutile à mes pieds, Je me gardai bien de hasarder à cette entreprise impuissante la pointe de mon poignard ; elle pouvait nous servir à quelque chose.

Nous redescendîmes sans nous parler, et nous étions un moment après au bas de la muraille qui coupait si brusquement l'escalier. Je m'assurai qu'il serait impossible d'atteindre des mains à cette hauteur, si nous étions forcés à revenir ; mais la lune brillait toujours, et sa lumière, plus vive encore et plus étendue à mesure qu'elle approchait de son coucher, inondait tous les bas degrés au point qu'on les aurait comptés facilement. L'espace extérieur était sans bornes.

Il y avait là une vingtaine de pas que nous descendîmes avec une insouciance presque joyeuse. Mais là aussi la route était fermée, et la hauteur de la coupure aurait été effrayante si le poids des constructions supérieures ne lui eût donné un peu de penchant.

— Presque rien, mon ami, presque rien, je te le jure! quinze ou dix-huit pieds tout au plus, et nous allons être libres! et nous n'avons plus d'autre moyen de sortir vivants de la *Torre Maladetta*; car le retour est impossible. Vois le ciel! vois le jour qui va paraître! On n'entend pas même d'ici le bruit du Tagliamente, et c'est le côté de Saint-Veit!

Je lui disais déjà cela du pied de la muraille. Il tomba près de moi et courut à la lumière.

— Oh! mon Dieu! s'écria-t-il, perdus, perdus à jamais. Ceci n'est pas une issue, ou c'est l'issue de la vie à la mort! c'est le balcon de la plate-forme détruite, ce balcon où apparaissaient Lucrèce et Béatrix, et dont Barbarina nous disait ce matin ou hier que nul être vivant ne peut y parvenir s'il n'a des ailes!..... Et il faudrait en effet des ailes pour remonter cette tour ou pour en descendre! Maxime, nous sommes perdus!

Je m'avançai, je me penchai sur le balcon : son élévation était immense, parce qu'elle dominait à pic sur le côté le plus profond de la grève. Pour comble de malheur, le Tagliamente ne s'était pas arrêté dans sa crue; il montait, montait toujours. Je m'assis sur les dalles et reposai ma tête dans mes mains.

Après un moment de réflexion, je revins à moi; car si je cède au découragement avec facilité, je ne tarde pas non plus à trouver de bonnes raisons pour reprendre confiance dans ma destinée. Sobioski n'était pas sorti de son abattement.

— Notre position est fâcheuse, repris-je; elle

est périlleuse, si tu veux; mais il s'en faut de beaucoup qu'elle soit désespérée.

— Et qui pourrait nous en tirer, malheureux que nous sommes! As-tu des ailes?

— Calme-toi et ne me refuse pas un moment d'attention. Notre disparition presque fantastique de la salle où nous étions couchés portera sans doute au dernier degré les épouvantes de Bartolotti; mais l'imagination de cet homme n'est pas de celles qui accordent un grand empire au merveilleux. J'ai observé que la nature de ses craintes était plus positive, et je suis sûr qu'il attribuera une cause naturelle à notre absence. Il n'agira pas, à la vérité, je n'y compte pas plus que toi, mais il parlera. Les portes ne tarderont pas à s'ouvrir, car le jour va se lever, et l'on ne sortira du château que pour venir à notre recherche. Puck m'a suivi hier, le pauvre animal, autant qu'il a pu me suivre, jusque vers la base du donjon; il indiquera le chemin que nous avons tenu, et qu'un éboulement récent fera aisément reconnaître; car plus d'une de ces pierres noires et moussues, qui ont croulé sous nos pas, présentera au soleil alors une de ses faces qui n'en avait jamais été frappée. M. Fabricius sera probablement arrivé; il a un vif intérêt à nous rejoindre; et les progrès du torrent qui s'augmente à vue d'œil le décideront sans doute à partir de bonne heure de Saint-Veit, avant d'être séparé de nous pour plusieurs jours. Tu connais son activité, sa résolution et son courage. D'une autre part, le bon Frédéric, que tu avais placé en observation au delà des parties basses que les eaux menacent d'envahir, n'attendra pas leur irruption pour nous rejoindre; il l'aura calculée avec sa pénétration ordinaire, et il ne sera pas resté en sentinelle perdue à un poste qui n'a plus besoin d'être gardé, quand la *Torre Maladetta* va être enfermée par l'inondation. Il arrivera au sommet du donjon tout aussi aisément que nous; les degrés y sont marqués si visiblement que je les ai retrouvés de nuit. La découverte de notre levier, de notre sac et de nos instruments abandonnés près d'une trappe mobile, achèvera de le diriger.

« Il ne lui manquera pour nous délivrer d'ici à lui tout seul, que deux ou trois brasses de corde qu'il se procurera sans peine au château, et nous reverrons, à midi, de la grande salle de compagnie, le soleil qui commence à gravir l'horizon, car notre trajet a été plus long que je ne l'avais pensé. Rassure-toi donc, mon ami, et ne crains pas que la Providence nous abandonne.

— Ainsi tu comptes donc, reprit Solbioski en hochant la tête, sur l'arrivée de M. Fabricius, parce que le Tagliamente n'est pas débordé, et sur l'arrivée de Frédéric, parce que le Tagliamente déborde !

Je sentis la portée de cette objection.

— Je compte, Joseph, sur l'une, ou sur l'autre.

« Et puis, dis-je en reprenant brusquement ma lanterne, rien ne prouve jusqu'ici que ce reste d'esplanade ne communique pas à quelque chose. Ce n'était pas du haut de la tour qu'on amenait les dames à ce balcon merveilleux que l'art d'un architecte du moyen âge avait ouvert pour le plaisir des yeux, en face d'une des plus belles pages de la nature pittoresque. Je garantis qu'avec un peu d'attention... — Et tiens plutôt ! cette embrasure est étroite comme une meurtrière, mais elle est ouverte et praticable.

Ouverte en effet pour le passage d'un homme de profil, et si étroite dans sa longueur que je sentis mon cœur battre violemment à la pensée que le moindre tassement des ruines pouvait nous fermer à jamais l'entrée de ce trou, pendant que nous en cherchions la sortie. Nous y avions déjà fait plus de cinquante pas, quand tout à coup les pavés solitaires qui composaient un à un toute sa largeur descendirent une pente glissante et rapide, où j'avais peine à affermir mes pieds. La lanterne étendue du bras droit, je fixais un regard inquiet et oblique sur le court espace qu'elle éclairait à mon côté. Je m'arrêtai brusquement à une ouverture cylindrique où se terminait cette voie mystérieuse avec ses murailles latérales qui achevaient de se refermer derrière dans un angle impénétrable. C'était une hélice du même genre que celle que nous avions parcourue, mais qui n'était propre qu'à recevoir le corps d'un homme. Il n'y avait pas lieu d'hésiter, et j'y engageai un de mes pieds avec précaution ; il se fixa sur un degré solide, et nous nous plongeâmes dans cet abîme en frémissant de rencontrer un obstacle, car le mouvement de retour aurait été difficile à exécuter.

Nous parvinmes enfin à une vaste salle assez régulièrement bâtie, dont nous nous empressâmes de toucher les parois. Les parties inférieures étaient prises dans le roc vif. Nous étions, à n'en pas douter, dans les souterrains du château, et à peu de toises, suivant nos conjectures, au-dessous des constructions habitables.

Cette pièce, d'un aspect imposant et sombre,

n'offrait de remarquable d'ailleurs qu'un puits creusé dans son centre, et qui avait dû coûter d'incroyables travaux pour être prolongé jusqu'au niveau des eaux de la plaine. Un seau vide, mais humide encore, était appuyé sur le rebord; la corde qui le soutenait à sa poulie n'était pas entièrement desséchée à l'endroit où elle se renouait à son anse de fer.

— Quelle preuve te faut-il de plus, dis-je à Solbioski, que ce lieu est habité ?

— Je n'en doutais pas à mon départ, répondit-il tristement, mais ce n'est pas sans inquiétude que je m'attends à rencontrer ses habitants.

Pendant que nous disions cela, j'avais détourné une vieille portière de drap noir, qui était suspendue à la muraille au moyen d'une tringle appuyée sur des crampons ; elle fermait une salle plus spacieuse encore que celle par laquelle nous avions pénétré dans ces horribles cachots.

Là tout annonçait en effet la demeure d'une famille..., ou le repaire d'une bande qui le négligeait depuis longtemps. Ses quatre côtés étaient garnis de fauteuils à l'antique d'une grande proportion; une cheminée assez difforme, dont le canal paraissait aboutir au-dessus des grèves du Tagliamente, à la base des murailles, était surmontée d'une glace de Venise, dont le reflet m'effraya, tant l'aspect de l'homme est redoutable pour l'homme isolé qui manque de l'appui des institutions et de la société. Une découverte plus rassurante pour moi fut celle des doubles girandoles de bronze qui garnissaient les deux montants, et qui étaient encore chargées de bougies intactes, mais noircies par l'humidité et par le temps. Cet appareil, si extraordinaire dans un tel endroit, me remplit d'une joie d'enfant qui s'augmenta de beaucoup lorsque j'eus regardé la lanterne sourde. Elle n'avait qu'un moment à luire, et tant de troubles différents que nous venions d'éprouver nous avaient fait oublier le plus sérieux de nos dangers. Nos torches et nos briquets étaient restés dans le sac abandonné sur le donjon. La mèche, penchée sur un enduit de cire qui s'était amassé autour de la bobèche, ne jetait plus que de petites aigrettes blanches et bleues, qui dansaient sur elle comme si elles allaient la quitter, et ne la ressaisissaient que par une sorte de fantaisie. Je m'emparai de deux bougies, et avec quel soin je fis rouler sur sa brochette la vitre de cristal bombée qui célait notre trésor, pour que l'agitation de l'air n'achevât pas de nous le ravir ! Avec quelle tremblante anxiété je rapprochai le coton de ce faible reste de flamme prêt à s'évanouir ! Avec quelle volupté je le vis s'incendier d'une large lumière, et la communiquer de bougie en bougie, car j'allumai tout pour m'assurer que le jour au moins ne nous manquerait pas. Tout brillait, tout resplendissait autour de moi ; mais les coins éloignés de la salle, où la clarté ne se faisait de moins en moins sentir que pour s'éteindre tout à fait dans les ténèbres, en paraissaient encore plus obscurs et plus formidables. J'y plongeais la vue avec horreur, quand un cri déchirant partit derrière moi. Je me retournai, et Solbioski tomba le front sur ma poitrine, en liant ses mains tremblantes à mon cou.

— Là, là, me dit-il en me montrant du doigt tourné derrière lui la partie de la salle qui nous était opposée, c'est là.

— Eh! quoi encore, mon ami?... Tu ne m'as pas même dit ce que tu crois avoir vu.

— Un cadavre! un cadavre! le corps d'une femme assassinée!

Je pris une des lumières. C'était un cadavre, en effet, une femme en robe noire, étendue sur une couche basse, et dont les bras traînaient sur la pierre. Je les relevai, je la replaçai dans son lit sanglant sans remarquer cependant sur elle d'autres blessures que celles de ses poings mutilés qu'on aurait crus broyés à demi sous les dents d'une bête féroce. J'exprimai cette conjecture tout haut.

— Vois, Maxime, vois, reprit Solbioski en déployant un des rideaux blancs qui pendaient sur elle et en m'y montrant l'empreinte des cinq doigts teints de sang..., les bêtes féroces de la *Torre Maladetta* ont des mains!

— Joseph, lui dis-je avec autant de calme que pouvait m'en permettre cette scène de terreur, et pardonnez-moi si je suis forcé d'en prolonger encore les angoisses, Joseph, ce n'est point ici l'infortunée créature dont nous avons entendu les cris hier au soir, il n'y a guère plus de douze heures. Tout l'aspect du cadavre annonce que la vie n'en est pas retirée depuis moins de trois jours. Il y avait d'ailleurs deux dames noires sur la plate-forme, et il n'y en a qu'une là. Selon toute apparence, nous avons une victime à sauver.

— Mais en quel endroit te promets-tu de la découvrir, puisque tout est parcouru?

— Tout, jusqu'ici. Elle est derrière cette autre portière qui avoisine la cheminée et que j'ai remarquée en éclairant cette pièce.

Nous armâmes nos pistolets, nous détournâmes

la portière, nous entrâmes dans une troisième salle.

Celle-ci différait beaucoup des précédentes par sa décoration. Le roc à hauteur d'appui et la muraille qui le surmontait y avaient été revêtus avec soin d'un stuc frais et brillant encore dont l'application ne pouvait pas être antérieure aux plus belles années de la jeunesse de Mario. D'espace en espace, de longs pans d'étoffes veloutées ou de papiers peints variaient à la manière vénitienne la monotonie du fond. Cinq ou six bons tableaux de bons maîtres, placés entre des porte-manteaux en bronze agréablement ciselés, relevaient encore l'apparence de ce triste séjour, qu'on avait du moins cherché à rendre aimable. Quelques instruments de musique à l'usage des femmes et un complet mobilier de toilette chargé de livres d'imagination et de poésie épars au milieu des rubans, des dentelles et des parfums, indiquaient assez sa destination. L'alcôve était garnie d'un lit élégant qu'on avait négligé de refaire et dont le froissement annonçait qu'il devait avoir été récemment occupé.

La cheminée était large et haute, suivant l'usage ancien, mais travaillée avec art et assez richement ornée. La pendule de l'horloge et l'aiguille du cadran immobiles. Déjà, depuis quelques jours sans doute, on avait oublié, dans ce lieu de douleur, de mesurer le temps. Les quatre candélabres qui garnissaient les deux extrémités de la tablette ne portaient point de lumières, mais, dans la moitié, les bougies avaient fini de mourir; dans l'autre, elles n'avaient pas été allumées. Cette précaution m'avertit de la nécessité de ménager celles qui restaient à ce souterrain, dans lequel nul rayon du jour ne pouvait jamais pénétrer et où la nuit absolue devait être horrible. J'allumai deux bougies des candélabres, j'en conservai une dans ma main et je me hâtai d'éteindre toutes celles que j'avais imprudemment enflammées en traversant la chambre de la morte. Je revins ensuite prendre part aux explorations inquiètes de Solbioski, dont aucune circonstance rassurante n'avait détourné les funestes pressentiments. Il était plongé en silence, dans un fauteuil au coin du foyer, où les débris de quelques tisons, depuis longtemps refroidis peut-être, avaient noirci dans les cendres.

— Il n'y a plus rien, me dit-il, plus rien que ce cabinet exhaussé où l'on parvient par ces degrés et que j'ai visité d'un coup d'œil. C'est là probablement que cette malheureuse prisonnière rangeait ses provisions, mais elles sont si complètement épuisées qu'il ne reste pas une indication qui puisse faire connaître l'endroit où elle déposait son pain. Le bûcher seul est garni.

— Le bûcher! répondis-je en courant à l'escalier. Eh bien! du feu, du feu! Le froid, la fatigue, le sommeil ont tellement abattu mes sens que je ne saurais, sans un moment de repos, retrouver ma présence d'esprit et ma fermeté. Du feu, Joseph, un grand, et nous rêverons quelque moyen de salut, car la nuit m'a toujours porté conseil!

J'avais déjà passé dans ses mains je ne sais combien de tronçons d'un pin résineux qui ne demandait qu'à pétiller, quand, en soulevant brusquement une bûche de plus, je frappai de son extrémité, par mégarde, le plafond de cette soupente; il rendit un son métallique dont le retentissement extraordinaire me surprit, et nous nous regardâmes, Solbioski et moi, comme pour nous consulter mutuellement.

— Oui, oui, me dit-il en répondant à ma pensée, tu ne t'es pas trompé. Nous avons déjà entendu ce bruit; c'est celui qui s'est renouvelé hier à plusieurs reprises sous la grande salle du château.

Je m'élançai sur la pile de bois et je frappai de mon marteau à la même place : le bruit se répéta plus intense et plus facile à reconnaître.

— Ceci est évident, m'écriai-je. Regarde, on n'a pas même pris la peine de déguiser aux yeux l'enchâssement de cette trappe, et c'est par là que cette malheureuse femme est descendue, car il n'y a certainement point d'autre issue au pied de la tour. L'âge qu'elle annonce, d'ailleurs, autant que j'ai pu en juger par le regard d'effroi que j'ai jeté sur elle, ne lui aurait pas permis d'escalader les murailles, et si nous ne savions de Barbarina elle-même que, depuis vingt ans, on n'est pas monté au donjon, l'état dans lequel j'ai trouvé les ruines que j'ai visitées le premier ne me laisserait pas la possibilité d'en douter. Seulement, il ne s'agit plus ici d'une trappe mobile comme celle à laquelle nous devons la funeste conséquence de ces mystères. Celle-ci est solidement fermée en dehors sous ce tapis qui couvre un revêtement de pouzzolane, au moyen duquel on est parvenu à la dissimuler habilement. C'est sur ce point qu'il faut agir, car c'est de là que doit arriver notre délivrance, et je ne doute pas qu'on nous entendra!

— Qui nous entendra? dit Joseph en me regardant douloureusement. Bartolotti qui s'est enfui, Frédéric qui n'est pas revenu, M. Fabricius à qui le Tagliamente a fermé le passage? Barbarina peut-être? Tu ne t'es pas avisé toi-même de soulever ce tapis dans toute son étendue, et tu veux qu'on s'en avise?

Pourtant nous attaquâmes la trappe de manière à ébranler la tour jusqu'à son sommet, et rien ne nous répondit.

Nous redescendîmes, nous attisâmes un feu large et ardent, nous nous mîmes à disposer les matelas du lit aux deux côtés du foyer, et cela sans nous parler. Seulement, nous remontions de temps à autre pour renouveler nos efforts contre cette voûte sonore, mais inébranlable, où toutes nos percussions inutiles grondaient sur nous comme une menace et comme un arrêt de mort. Dans le silence que nous gardions après chaque tentative, je crus saisir un murmure de plainte ou une voix d'agonie. Je me baissai, car cela était parti de mes pieds; je vis quelque chose alors qui ressemblait à un second cadavre. J'y touchai en frissonnant: c'était une femme étendue sur la face à l'extrémité du bûcher avec une pièce de bois dans ses mains. Je la soulevai, je l'emportai entre mes bras, je la déposai sur une des couches que nous avions préparée, j'écartai les longs cheveux qui recouvraient son visage pour m'assurer qu'elle existait encore; mais ses yeux étaient fermés, et le peu de vie qui restait à ses lèvres convulsives était aussi affreux à voir que la mort... Et quand Solbioski eut rapproché de nous la lumière, je sentis que ma vie elle-même allait s'échapper: mes sens se troublèrent, mes jambes défaillirent, mon âme fut près de s'anéantir. Cette femme mourante ou morte, c'était Diana!

— Diana! Diana! m'écriai-je en tombant à genoux auprès d'elle et en portant sa froide main à ma bouche.

— Tout s'explique, maintenant, dit Solbioski : Mario, justement soupçonné de l'enlèvement de Mlle de Marsan, n'avait trouvé d'autre moyen de la soustraire aux recherches que de la cacher jusqu'à nouvel ordre dans ces souterrains, avec sa femme de compagnie. Comme des approvisionnements inaccoutumés auraient décelé son secret, il avait multiplié, pour y suppléer, ses petits voyages à Codroïpo. Il est mort au retour, et ces deux infortunées sont mortes de faim dans cette prison, où nous allons mourir !...

— Mortes ! repris-je, Diane n'est pas morte ! Elle vit ! elle ne mourra pas ! La chaleur de ce foyer commence à la ranimer !

— Tant pis ! répondit amèrement Solbioski. Hélas ! il vaudrait mieux qu'elle fût morte ; nous ne pouvons que prolonger sa triste agonie par des secours cruels. Avec quoi la nourriras-tu ?...

— Malédiction du ciel ! dis-je en me relevant et en parcourant la salle à pas précipités dans un accès de frénésie et d'horreur. La Providence est donc sourde comme le néant ! Point de salut pour Diana !...

— Et point de salut pour nous ! répéta Solbioski, dont la voix lugubre retentissait sur la mienne comme le répons mélancolique du trappiste : Frère, il faut mourir !

Mes mains se crispaient, pendantes sur mon habit ; c'était ma redingote de voyage : une des poches repoussa ma main.

— Ah ! criai-je avec ivresse, elle ne mourra

pas!... J'ai bien dit qu'elle ne pouvait pas mourir! Grâces te soient rendue, Onorina! Pauvre Onorina, que le Ciel te protège! Mon Dieu, pardonnez-moi! Sainte Honorine priez pour nous!...

— Que dis-tu, mon ami? Le désespoir trouble ta raison! Ta tête s'égare! Calme-toi!...

— Sainte Honorine, priez pour nous! Diana ne mourra pas! Voilà de l'eau! du feu, des vases et de la lazagne.

Ce qui suivit immédiatement n'a pas besoin d'être raconté. Notre étonnement religieux et reconnaissant, nos élans d'amour pour la Providence un instant méconnue, qui nous envoyait ce bienfait miraculeux; notre empressement à secourir Diana, nos précautions pour la ramener à la vie par des transitions habilement ménagées et qui n'eussent rien de dangereux, tout cela se comprend bien mieux que cela ne pourrait jamais s'écrire.

Au bout d'une heure, son pouls battait avec lenteur, mais avec régularité; le sang, ranimé dans ses veines, était remonté à ses lèvres pâles; sa bouche respirait, son cœur palpitait sous ma main, ses yeux s'ouvrirent; elle les promena vaguement sur toute l'enceinte, les arrêta un moment sur moi sans montrer de surprise, et les referma en soupirant.

Je ne devinais que trop ce qu'elle avait cherché, et je tremblais de deviner ce qu'elle avait compris.

Nos soins se continuèrent autant qu'il le fallait pour nous rassurer sur son existence, et nous oubliâmes alors quelles faibles espérances nous restaient d'entretenir ce souffle fugitif que nous venions de ranimer. L'âme de l'homme se laisse relever dans les circonstances les plus extrêmes par de si trompeuses joies! Elle a si grand besoin de croire à un lendemain, de se ressaisir d'une illusion, et c'est cela qui fait vivre!

Diana, depuis sa résurrection, avait paru cependant incapable d'articuler une parole. Son regard fixe et morne, qui s'était à demi dégagé des ténèbres de la mort sans perdre cette expression, n'avait pas même réfléchi une pensée, une émotion intérieure. Une seule fois elle pressa ma main en détournant sa bouche des aliments dont elle ne sentait plus le besoin, ferma les yeux de nouveau, mais sans témoigner de douleur; et puis elle s'endormit.

Après avoir regarni le foyer et renouvelé les flambeaux, nous cédâmes aussi au sommeil; il dura longtemps.

Je m'éveillai le premier, et il le fallait, car tout allait s'éteindre. Diana reposait dans un calme profond et qui paraissait doux. Je m'en approchai autant que cela était nécessaire pour entendre sa respiration et sentir la tiédeur de son haleine. Je plaçai ensuite à sa portée, sur un petit meuble éclairé de deux lumières, ce qui restait de la lazagne et, muni de ma lanterne, je regagnai en silence l'escalier du balcon. Je ne pouvais m'imaginer qu'on n'eût fait aucune démarche pour nous retrouver, et je craignais seulement que les perquisttions ne se fussent arrêtées à cette galerie étroite où il n'était effectivement pas naturel de chercher un passage.

Rien ne répondit à mes conjectures. Il n'y avait point de changement : on n'était pas venu.

Le soleil avait déjà passé le point du ciel qu'il occupe à midi. La journée de la veille, dont nous n'avions vu que l'aube, devait avoir été belle. La fonte des neiges continuait. Le Tagliamente inondait ses rivages; il remontait en vagues blanches et retombait en vapeur contre le pied du rocher. La campagne qui nous séparait de Saint-Veit disparaissait tout entière sous un lac immense au milieu duquel sa tour se dressait comme un mât immobile. Je pensais que M. Fabricius n'avait pas pu se mettre en chemin.

Solbioski ne s'informa pas des motifs de mon absence, et je ne lui en parlai point. Il avait le temps d'apprendre que notre espoir le mieux fondé s'était évanoui.

— Malheur, malheur! dit-il en s'asseyant sur sa couche. La nuit t'a-t-elle porté conseil, comme tu l'espérais?

— Elle m'a conseillé, mon ami, de ne compter que sur nous. La trappe de ce cabinet ne peut s'ouvrir, et si elle cédait sous nos efforts, elle nous laisserait une nouvelle difficulté à vaincre; car l'ouvrage de maçonnerie qui pèse sur elle cache dans sa construction quelque artifice que nous ne pouvons pénétrer. — Le chemin le plus court, c'est le plus long. — Il faut regravir cet escalier de désespoir, et pour cela il faut une échelle que nous aurons bientôt fabriquée. Il y a dans les dossiers de ces fauteuils que nous avons remarqués en entrant, il y a dans leurs traverses des montants et des échelons qui n'ont besoin que d'être ajustés assez solidement pour nous porter tour à tour. Les instruments que Mario a recueillis en désordre dans les coins du bûcher pour le service de son foyer, suffisent à ce travail, auquel suffiraient la pointe et le tranchant de mon poignard, le superflu de la ficelle qui soutient notre lanterne, et peut-être nos bras, nos bras seuls! Quant à la trappe, nous la soulèverons sans peine. J'ai observé qu'un des barreaux du balcon ne demandait qu'un effort pour être déchâssé de sa soudure, et un trait de cette petite scie à main qui est pendue à la cheminée réduira notre échelle à la proportion nécessaire pour nous élever jusqu'à la porte rebelle qui n'a résisté à nos efforts que parce que nous l'attaquions de trop bas. Du courage seulement, car il n'y a point de temps à perdre.

— En effet, dit-il, cette ressource est la dernière, l'unique ressource qui nous reste, si le Tagliamente est débordé...

Ensuite il s'assit sur son lit, essuya son front, pâlit et me dit : « J'ai faim. »

— Ces premières irritations du besoin restent longtemps sans se renouveler quand on les a a vaincues la première fois ; c'est une grâce d'état pour les prisonniers et les acteurs des guerres civiles. Pense que dans quelques heures nous pouvons être délivrés.

Et je me hâtai de distribuer entre nous les différentes parties de notre travail.

Oh ! ce travail fut bien long ! Nous étions également inexpérimentés à la besogne, et la rigueur de notre apprentissage s'augmentait de notre affaiblissement toujours croissant. Indépendamment des distractions nécessaires que nous donnaient, de temps en temps, les légers repas de Diana, dont j'avais divisé en très petites portions la lazagne presque épuisée, nous étions pris alternativement de langueurs et de défaillances qui faisaient tomber nos outils de nos mains. Nous en vînmes enfin à bout, s'il est permis de regarder comme un ouvrage terminé les objets informes et grossiers que nous avions si peu solidement ébauchés. Nous nous trouvâmes heureux cependant!

Après cela, nous disposâmes tout dans l'appartement pour le temps que devait, selon nous, durer notre absence, et nous gagnâmes le balcon avec des difficultés que multipliaient à chaque pas les embarras de notre équipage.

Qui le croirait? Les heures qui avaient paru si longues à mon impatience étaient plus nombreuses encore que je ne l'aurais pensé. L'ouverture de la plate-forme était éclairée par le jour, par un jour nouveau, par le soleil du troisième midi. Je m'étonnai d'avoir tant souffert et d'avoir mesuré si mal la longueur de mes souffrances. La douleur marche vite.

Solbioski se hâta de courir au balcon. Je n'avais plus rien à y apprendre, et je m'arrêtai derrière lui.

— Le Tagliamente est débordé, dit-il en laissant retomber sa tête sur sa poitrine.

— Qu'importent le Tagliamente et ses débordements! répondis-je. Nous allons au donjon et non au rivage.

Et alors je tentai d'ébranler le barreau que j'avais senti vaciller, que j'aurais probablement détaché la veille, si je l'avais voulu. Il résista. Mon sang se figea dans mes veines; car, sans le secours d'un levier, tous les autres préparatifs de notre entreprise devenaient inutiles. Comme j'en cherchais un qui fût plus mal affermi, comme je le cherchais sans le trouver, et sans faire connaître à Solbioski le sujet de mon inquiétude, un corps long, dur et arrondi, roula sous mes pieds; c'était un barreau qui était tombé de lui-même aux secousses de l'orage ou à la suite des dégradations du temps. Je m'en emparai et je le traînai après moi de degré en degré, parce qu'il était lourd. Nous montâmes lentement, à pas tardifs, à stations multipliées ; car le courage nous manquait, même pour nous délivrer.

Nous nous reposâmes un moment au-dessous des degrés qui aboutissaient à l'escalier à vis, pour scier notre échelle à la hauteur de la trappe. Nous laissâmes le reste, qui en était la plus longue partie, sur le terre-plein de la dernière muraille, et nous arrivâmes au sommet.

Nous nous assîmes encore ; nous nous embrassâmes ; nous échangeâmes quelques paroles d'encouragement, nous en avions besoin.

Enfin, le dos tourné à une paroi d'où notre levier pouvait agir dans tous les sens avec facilité, nous nous affermîmes de commun sur les bâtons de notre courte échelle, que nous avions eu soin de choisir robustes et solides, parmi les mieux enclavés dans leurs mortaises. Nous courbâmes nos épaules sous la porte de fer qui nous séparait du ciel et de la vie, et introduisant peu à peu la pointe de notre barre aiguë au point où les rebords de la trappe s'appuyaient mal hermétiquement sur son cadre, nous fîmes peser à son extrémité opposée l'effort de nos quatre mains réunies, avec le peu de vigueur que nous prêtait l'espérance — ou le désespoir.

Les charnières crièrent comme la première fois ; la trappe bâilla et s'ouvrit à laisser passer un homme ; la pleine lumière du matin pénétra dans la tour par gerbes éblouissantes, avec l'air pur et vif de cette région élevée.

— Nous sommes sauvés ! m'écriai-je. Un moment encore, et nous sommes sauvés !

Au même instant, toutes les pierres qui entouraient la trappe, ébranlées par son mouvement, se précipitèrent sur elle avec un épouvantable fracas ; elle retomba comme la foudre et nous chassa violemment au loin sur les dalles.

— Nous ne sommes pas sauvés, répondit Solbioski en m'entourant de ses bras ; je te l'avais bien dit : nous sommes perdus !

Nous restâmes quelque temps en silence au bruit des ruines qui continuaient à s'amasser sur notre tête, car l'ébranlement s'était communiqué aux parties les plus chancelantes du parapet du côté où il s'inclinait sur le front penchant du donjon, et les pierres qui le couronnaient tombaient et roulaient toujours.

Je pensai, sans le craindre, qu'il allait crouler tout entier et nous anéantir. — Mais le bruit cessa enfin pendant que les profondeurs du bâtiment le répétaient encore dans leurs échos. La tour vibra un moment comme un peuplier dont le tonnerre a frappé la cime, ou comme une pendule chassée par le doigt, qui rétrécit peu à peu l'arc de ces oscillations. Et puis tout fut muet et immobile.

Notre lanterne, heureusement close, n'avait pas été éteinte par la commotion. Je la repris avec une apparence de sécurité sur laquelle j'avais peine à me faire illusion à moi-même, et saisissant la main de Solbioski :

— Viens, lui dis-je, rien n'est désespéré encore. Cette catastrophe se fera ressentir jusque dans la cour du château, où des fragments des murailles seront tombés du sommet. Leur direction naturelle est de ce côté. L'accident qui nous accable fera deviner nos efforts, notre position, nos dangers. Sois assuré qu'au moment où je te parle la trappe inférieure est ouverte. Viens, au nom du ciel qui ne nous abandonnera pas.

Solbioski arrêta sur moi un regard où se confondaient une incrédulité douloureuse et une triste dérision.

Je détournai les yeux, et je l'entraînai sur mes pas dans l'escalier tournant.

Nous descendîmes sans nous parler. Notre échelle s'ajusta facilement à la première muraille, malgré la diminution que nous lui avions fait subir pour en soustraire l'échelette que nous venions de laisser au sommet. A la seconde coupure de l'escalier direct, elle se trouva beaucoup trop courte. C'était un inconvénient facile à prévoir si nous avions prévu que nous devions revenir. Je n'y avais pas pensé. Nous eûmes peine à y atteindre, en nous suspendant à nos mains affaiblies et tremblantes, après de longues et timides précautions. Enfin nous arrivâmes, comme à un lieu de refuge, au balcon inaccessible du Tagliamente.

Il était nuit. La lune, épaissement voilée, ne jetait qu'une faible clarté sur le torrent, mais il se rapprochait visiblement de son lit; le vent de *Bora* qui soufflait avait refroidi la température, et tari pour quelques jours l'urne des débordements. Les nuées rapides et sifflantes fouettaient autour de nous un givre piquant. J'osai m'en réjouir avec toute l'expansion qui me restait pour exprimer un sentiment d'espérance.

— Il fait froid, dis-je; les neiges ne fondront plus ; le Tagliamente s'éloigne, la grève est libre. Si le docteur Fabricius n'est pas arrivé aujourd'hui à la *Torre Maladetta*, il y arrivera certainement demain.

— Et qu'importe à notre salut qu'il y arrive demain ? dit Solbioski en s'évanouissant dans mes bras.

Je fis d'abord des efforts impuissants pour le rappeler à la vie qui paraissait l'avoir tout à fait quitté. Enfin il se ranima de lui-même un instant, et un instant après défaillit de nouveau. Peu à peu ces deux états devinrent alternatifs et mesurés par des périodes presque égales. Je compris que le même symptôme menaçait de m'atteindre à mon tour, et qu'il était temps d'arriver à l'appartement encore si éloigné de Diana. J'en calculai la distance avec épouvante. La lumière était d'ailleurs près de sa fin, car je n'avais pas imaginé le matin qu'il fût nécessaire de me précautionner pour le retour, dont je n'aurais pas même compris la possibilité. Des études physiologiques, faites d'ailleurs avec assez de soin sous des maîtres illustres, ne m'avaient laissé, chose étrange, aucune notion positive sur le temps pendant lequel l'homme peut se passer d'aliments. Je m'étonnais de vivre encore.

Hélas! il m'est facile de vous épargner les détails de cet interminable trajet ; mais j'essaierais inutilement de vous soustraire à la douleur de les deviner. Vous vous rappelez ce corridor étranglé qui paraissait plutôt avoir été pratiqué pour des couleuvres que pour des hommes. Vous vous rappelez ce puits étroit et profond, antre spiral qui ne promettait qu'un tombeau. C'est là que vous suivrez sans moi de la pensée deux mourants qui se traînent à lentes reprises à travers des espaces presque impénétrables à l'agilité, à la force et à la patience. Combien cela dura, qui pourrait le dire ? Combien de fois, accablés d'une fatigue sans but et sans espérance, nous répétâmes-nous : « C'est assez, il est aussi bon de mourir ici ! » — Combien de fois, ranimés par je ne sais quelle vigueur de l'âme que donne l'amour de la vie, redoublâmes-nous d'efforts pour atteindre inutilement le sol d'un autre sépulcre ! Nous étions parvenus, tantôt marchant, tantôt rampant à la chambre de la morte, quand notre lumière jeta subitement un éclat plus vif, et s'éteignit.

— Sommes-nous arrivés ? me dit Solbioski en se couchant sur le rocher. Pourquoi ne vois-je plus rien ?

— Nous ne sommes pas arrivés, répondis-je, et nous n'avons plus de feu ; mais la seconde portière sera facile à trouver, si je ne me trompe, en suivant de la main le tour des murailles. Attends-moi, mon frère, attends-moi.

Je me glissai alors en chancelant le long des froides parois, me reposant de temps à autre sur mes genoux pour reprendre haleine.

Un meuble en saillie me détourna. Incapable de le suivre dans toute sa longueur sans être appuyé, j'étendis mes mains pour retrouver le mur qui ne pouvait pas être éloigné ; je le cherchais sans y atteindre. Une idée horrible traversa mon esprit ; le pied me manqua, et je tombai sur le cadavre.

— Est-ce là ? cria Solbioski ; as-tu laissé tomber la portière ? Pourquoi ne vois-je pas ?

— Ce n'est pas encore ici, répondis-je en grelottant de terreur ; attends-moi, Joseph, attends-moi.

Je repris mon affreuse route dans cette épouvantable obscurité, dont aucune des nuits de la terre ne peut donner l'idée. Après bien du temps, la portière céda sous mes doigts ; je la tirai brusquement. Tous les feux étaient éteints.

— Pourquoi as-tu fermé la portière sur moi ? dit Solbioski. Tu es arrivé et je ne vois pas. Hélas ! m'abandonnes-tu ?

Je ne prononçai pas une parole. Une minute de délai pouvait achever de nous perdre. Je me dirigeai vers le foyer en me soutenant à droite et à gauche sur les couches où nous avions reposé le second jour, je le fouillai de mes mains.

— O bonheur ! m'écriai-je avec une sorte d'extase ; encore, encore cela !...

— La trappe est-elle ouverte ? reprit Solbioski. La trappe est ouverte ! Maxime, ne m'abandonne pas !

— Une étincelle, mon ami, une étincelle et des charbons ! — Et la chambre s'éclaira.

Je crus retourner à la vie ; je conduisis ou plutôt je traînai sur mon lit mon pauvre Joseph, dont l'agonie était plus hâtive que la mienne.

J'allai ensuite à Diana ; ses yeux étaient ouverts et fixes comme à l'ordinaire, mais plus brillants, plus ardents, plus météoriques ; son teint était enflammé ; son pouls battait avec désordre et précipitation.

— A-t-elle tout mangé ? dit Solbioski en se soulevant péniblement sur ses mains.

— Oui, lui répondis-je, tout mangé ! mais la fièvre préserve de la faim : le peuple dit qu'elle nourrit.

Il se laissa retomber.

Je voulais tenter un dernier moyen de frapper l'attention des habitants du château, s'il lui en restait encore. Mais je craignais qu'il ne produisît sur Diana, réveillée à l'improviste, une émotion mortelle, et je lui fis part à haute voix de manière à être entendu distinctement de Solbioski, de toutes les particularités de notre situation, en lui laissant à deviner le nom des amis absents dont nous attendions notre délivrance, pour qu'elle pût se consoler au moins dans la pensée que Mario vivait encore. Elle me regardait fixement et immobile à ma voix, comme si elle m'avait écouté avec une attention réfléchie. Je le pensai d'abord. Quand j'eus fini de parler, elle ne me répondit pas du moindre signe, elle se retourna du côté opposé et parut s'endormir.

Je dégageai de la ceinture de Solbioski les deux pistolets dont il était armé. Je remontai sous la trappe sonore du cabinet, et je fis double feu. Après un moment d'interruption, je renouvelai l'explosion des deux miens, et je prêtai l'oreille aux bruits extérieurs.

Il me sembla que j'entendais un murmure confus, comme un bruit de trépignements et de voix ; mais depuis deux ou trois jours ces bruissements sans cause offusquaient si souvent mon ouïe et mon cerveau, que je n'étais plus capable de distinguer de la réalité les illusions de mes sens malades.

Je voulais cependant profiter de cette chance d'être entendu, — c'était la dernière. — Je soulevai un tronçon de pin pour en frapper la trappe encore une fois ; je l'exhaussai de quelques pieds au-dessus du sol, et je le laissai retomber. Je me baissai pour le reprendre et le soulever encore, et je ne le soulevai plus.

Je descendis alors à pas incertains vers la cheminée pour ranimer le foyer et renouveler notre luminaire funèbre. J'y employai tout ce qui restait à ma portée de bois et de bougies ; je savais qu'il ne nous en fallait pas désormais davantage. Une heure, des heures peut-être se passèrent à ce travail, et j'en mis une encore à me glisser dans le suaire qu'aucune main ne devait recoudre sur moi. — C'était fini pour jamais.

Solbioski se retourna de mon côté, et me dit d'une voix qui s'éteignait : « Quel jour est-il ? »

Je pensais que ce devait être le commencement du cinquième, mais je ne répondis pas.

Le temps se partagea dès lors entre d'incroyables souffrances et les langueurs anéantissantes où je croyais que ma vie allait m'échapper. Il y avait des moments de prestige où tous les objets prenaient un aspect fantastique et capricieux, comme la décoration d'un spectacle ou les apparitions du sommeil. Les ombres des murailles éloignées se mouvaient, se détachaient, se mêlaient avec des formes étranges et gigantesques, s'embrassaient, se liaient les unes aux autres et tournaient autour de moi, pressées, confuses et hurlantes. Les flammes des bougies bondissaient si haut sur les flambeaux que j'avais peine à les suivre. Des voix connues s'introduisaient dans mon oreille comme un souffle, ou retentissaient au-dessus de ma tête avec un rire moqueur et insultant. Si je fermais les yeux pour me dérober à ces fascinations, la dernière perception qu'une liaison inexplicable d'idées avait portée à mon esprit se prolongeait d'une manière indéfinie dans ma pensée. C'était un chant borné, un refrain monotone, un vers grec ou latin à l'assourdissante mélopée, la reprise d'un virelai ou d'une redondille, dont l'obstination importune semblait s'attacher à moi pour l'éternité, comme cette terrible mouche hippobosque qui revient toujours avec une précision infaillible à l'endroit d'où on l'a chassée.

Quelquefois je passais d'un évanouissement délirant au sommeil, et la scène changeait alors d'une manière étrange. Il y avait dans mes rêves de l'air, du soleil, des femmes et des fleurs. Je me trouvais tout à coup dans des assemblées joyeuses, où l'on ne s'occupait que de plaisirs et de festins. Des tables splendides se chargeaient de mets délicats, que j'essayais d'atteindre, et qui se convertissaient dans ma bouche en sable insipide ou amer. Onorina revenait partout avec son petit éventaire comblé de lazagne appétissante. « Achetez, monsieur, disait-elle, achetez ma bonne lazagne et mon fin vermicelle de Padoue ? cela peut servir dans l'occasion, et il n'y en a pas de meilleur à Codroïpo. » Mais quand je voulais me précipiter sur sa lazagne, mes mains ne pouvaient s'étendre pour la saisir, ni mes dents spongieuses s'affermir pour la broyer...

Puis je sortais en sursaut de mes songes, au bruit d'une plainte déchirante qui se traînait encore longtemps sur mon réveil.

— Qu'est-ce donc que cela ! m'écriai-je une fois de toute la force qui me restait.

— Rien, répondit Solbioski. C'est probablement Mlle de Marsan qui meurt.

— Mon Dieu, repris-je, prenez pitié de moi ! Sainte Honorine, priez pour nous !

Ce temps-là ne peut pas se calculer ; car quelquefois aussi mon sommeil était morne et long. Je me rappelle qu'il arriva un moment où, en ouvrant les yeux, je n'aperçus plus de clarté. C'était cette nuit finale, cette nuit éternelle, que j'avais prévue avec tant d'horreur, et retardée avec tant de soin le jour précédent, ou la veille, ou un autre jour encore auparavant. C'étaient mes dernières ténèbres. — J'entrepris de me lever. — Je ne pus pas !

— Voilà qui est bien, dis-je à part moi. Tout est fini. Ceci est la mort !

Et je me rajustai pour mourir ; mais en essayant d'étendre mon bras pour y reposer ma tête, je l'appuyai sur un bras froid.

— Qui est là ? murmurai-je en frissonnant, comme si la rencontre d'un assassin avait pu m'effrayer. Un assassin, hélas ! un assassin ! Il n'y en avait point de si cruel qui n'eût rompu son pain avec moi !

— C'est moi, répondit Solbioski, dont la force plus promptement abattue que la mienne s'était plus longtemps conservée. Ne tremble pas ! n'aie pas peur ! Je ne veux pas te faire de mal. Je n'ai besoin que de ton poignard.

— Que peut-on faire ici d'un poignard ? Croirais-tu qu'il y eût des hommes cachés dans les souterrains de la tour ?

— Non. Il n'y a que des cadavres ; mais il y en a un dont l'obstination à vivre me fatigue, et dont j'ai le droit de me débarrasser. Donne, donne ton poignard, et bois mon sang ; on dit que cela soutient la vie. Qui sait ? Le Tagliamento est peut-être redescendu entre ses rivages. M. Fabricius est peut-être revenu.

Je jetai mon poignard aussi loin que j'en fus capable. J'étais bien sûr que nous n'irions pas l'y chercher. Cette pensée, je l'avais eue.

— Mon frère, dis-je en pleurant, tu es couché sur le roc ; viens, viens jusqu'à moi. Joseph, ne me quitte pas ! Mon Dieu, ayez pitié de nous !

Je ne sais si je l'attirai à moi ou si je me rapprochai de lui, mais nous finîmes par nous toucher.

— Honorine ! s'écria-t-il, pauvre Honorine ! la jeune fiancée qui prépare ses rubans et ses bouquets ! Honorine qui était si bonne et si belle ! Et toi, Maxime, que j'aimais et que je ne verrai plus ! Oh ! si le jour seulement nous avait encore éclairés une fois ! Mais il y a trop loin d'ici, et le balcon est trop élevé... Jamais ! jamais.

J'étais frappé d'un vertige accablant. Quand Joseph ne parla plus, je cherchais à me pencher vers lui pour m'assurer qu'il respirait encore. Il se détourna de moi avec un affreux gémissement. J'entendais des bruits vagues ; je les perdais comme s'ils n'avaient pas été. J'essayais de les ressaisir. Enfin ma pensée m'échappa tout à fait. Je retombais dans le vague de mes rêves. Je revis ces festins que j'avais quittés, et la petite Onorina criant sa lazagne, et sainte Honorine me tendant des bras consolateurs du fond du tableau fantastique du Pordenone.

Cependant les bruits revenaient toujours. C'était le pic, c'était la sape, c'était le Tagliamente qui passait, en gémissant, sur la tour ; c'était la mine qui la faisait sauter ; c'était Onorina tout en larmes, au seuil de l'église, qui ne cessait de répéter : « Achetez, monsieur, achetez ma bonne lazagne! Il n'y en a pas de meilleure à Codroïpo! » Je dormais.

Lorsque je revenais à moi, je disais à Solbioski : « Dors-tu? » et il ne me répondait point.

Ma stupeur devint peu à peu plus profonde. Je perdis le souvenir du temps, et des lieux, et de moi-même. Je me demandais vaguement : « Où suis-je? » et ma mémoire était un abime où je ne pouvais me retrouver.

Je finis par ne plus penser. L'ouïe seule m'apportait encore des sensations incomplètes et confuses, des cris, des lamentations, un fracas de cataractes et de tempêtes. J'essayais d'y répondre par des lamentations et par des cris, pour me mettre à l'unisson de cette nature souffrante qui allait mourir, et la voix me manquait.

L'horloge de l'éternité ne suffirait pas à mesurer de pareilles heures. Quand elles furent passées, je me trouvai quelque part, dans un endroit où le jour venait du ciel. C'était peut-être un matin. Je refermai les yeux aussitôt que je les eus ouverts, parce que le soleil les blessa. Ma bouche était moins ardente, mes organes moins languissants. Quelques sucs savoureux récréaient mon palais, et je les goûtais encore. Je sentais au moins mes souffrances. Je m'imaginai que je vivais.

— Ceci vaut mieux, dis-je en moi-même. Il faudrait rester et mourir comme cela.

Je regardai de nouveau, parce qu'un nouveau breuvage doux et substantiel avait encore ranimé ma vie. C'était là un spectacle bien étrange! Une salle si vaste et où je ne m'étais jamais éveillé, qui n'était pas de la maison de mon père, qui n'était pas de mon auberge, qui n'était pas de ma caserne, qui n'était pas de ma prison ! Le sol surtout m'étonnait. Il était profondément remué et couvert de laves éparses. Il y avait seulement au milieu une large ouverture carrée qui semblait communiquer à un caveau.

— La *Torre Maladetta !* criai-je, la *Torre Maladetta !* la trappe est ouverte ! Diana, Joseph, Anna, venez à moi, venez ! j'ai trouvé un chemin ! Oh ! ne tardez pas à venir, il y en a déjà tant de morts !

— Personne n'est mort qu'Anna, me répondit le docteur Fabricius, qui était appuyé sur le chevet de mon lit. Il était trop tard.

— Fabricius ! mon ami, mon père, dis-je en saisissant sa main. Et Diana ! et Joseph !

— Ils sont vivants ! Mais te voilà mieux maintenant, continua-t-il, et je puis m'expliquer avec toi. Il le faut, car le temps nous presse. Tu connaîtras plus tard les obstacles qui ont retardé ta délivrance. Aujourd'hui ce récit nous ferait perdre des instants trop précieux. Les espérances du monde se sont anéanties en peu de jours. Des succès brillants ont enivré les partisans et les armées de Napoléon. La cause de l'indépendance des peuples n'est pas perdue : elle ne le sera jamais sans doute ; mais il n'est peut-être pas réservé à ma vieillesse de jouir de son triomphe. Ma tête et celle de Joseph sont menacées, mises à prix. A la première lueur de salut que j'ai reconnue pour lui, je me suis hâté de le faire transporter dans un lieu sûr d'où il regagnera notre Allemagne. Elle n'appartient pas encore tout entière au tyran. La *Torre Maladetta* ne peut manquer d'être incessamment investie ; je ne devais pas la quittter tant que je ne t'avais pas rappelé à la vie. Le moment de nous séparer aussi est venu. Te sens-tu la force de partir ?

— Joseph ! mon cher Joseph ! il m'avait dit que nous ne nous reverrions jamais !... Diana, mon ami, où est-elle ?

— Diana vivra. Le temps, plus puissant que mes secours, la fera probablement sortir de l'état de mutisme et d'aliénation où elle est restée plongée jusqu'ici. Aucun mot ne s'est échappé de sa bouche, aucune émotion ne s'est peinte sur son visage, même quand la nouvelle femme de chambre que je lui ai donnée lui a présenté ce matin la robe de deuil qu'elle doit porter comme veuve et comme orpheline. Je comptais sur cette secousse ; je m'y étais confié en désespoir de tous les remèdes. Seulement, sur la proposition que je lui ai faite de se retirer jusqu'à nouvel ordre à l'*Annunziata* de Venise, où elle a des compatriotes, et, je crois, des parentes, elle a paru me répondre par un signe de consentement ; et depuis, son agitation inquiète et empressée a manifesté souvent le besoin qu'elle éprouve de quitter cette tour qui doit lui rappeler de si affreux souvenirs. — J'arrive à ce qui te concerne personnellement. Le désir que Mario témoignait de te revoir ici s'explique facilement par un récit que Solbioski tenait de toi-même, et qu'il m'a communiqué hier. Le spectacle de ce qu'il appelait son bonheur, l'infortuné jeune homme ! était le moindre prix dont il pût reconnaître ta généreuse amitié. Un autre motif était venu se joindre à celui-là, si j'en juge par cette lettre de Chasteler qui le charge de te faire savoir que ton mandat d'arrêt est levé en France, et que l'avis a dû en parvenir aux autorités vénitiennes

Aucun fait nouveau n'a pu te compromettre dès lors, et rien ne s'oppose à ce que tu retournes enfin dans les bras de ton père. Ta sûreté l'exige comme ton bonheur ; car si tu étais surpris dans la *Torre Maladetta*, où des circonstances si cruelles ont dissimulé ton séjour, tu ne saurais échapper à la proscription qui frappe ses derniers habitants. Je sais ce que tu veux me dire, mais cette preuve aveugle d'un dévouement inutile ne ferait qu'embarrasser notre malheur d'un malheureux de plus. Tu as d'ailleurs une mission plus sacrée à remplir aujourd'hui. L'état de Diana ne permet pas qu'elle soit abandonnée à elle-même pour gagner sa dernière retraite, et où pourrais-je, au milieu des tristes soucis que m'inspire ma propre famille, lui trouver un ami plus fidèle et plus sûr que toi ? Cherche donc à reprendre des forces dans un repas plus abondant et plus solide, et dispose-toi à partir ce soir avec elle quand le soleil sera couché, pour que rien n'indique à la vigilance de nos espions l'endroit d'où tu seras sorti. Tu trouveras un bâtiment tout préparé à Porto-Gruaro ; et Diana est attendue au couvent.

« Maintenant, continua-t-il en me pressant dans ses bras, va, mon fils, et souffre que je m'occupe de mes pressantes dispositions sans attendrir notre séparation par de plus longs adieux. Tout vieux que je sois, je ne renonce pas à te voir encore ; mais, quoi qu'il arrive, conserve ton cœur à tes amis et ta vie à la liberté.

Aussitôt que la nuit fut entièrement tombée, et elle était obscure, car la lune ne brillait plus, un domestique du docteur vint m'avertir que la voiture était prête, et me dirigea vers l'endroit où je devais la prendre. J'y montai, et je m'assis en face de deux femmes que je ne vis point. Deux heures après, nous étions à Porto-Gruaro ; quelques minutes encore, et nous voguions sur les lagunes. J'avais offert ma main à Diana pour monter sur le bâteau ; et sa main, fortement liée à la mienne, ne l'avait point abandonnée. Elle ne parlait pas, mais elle soupirait, rêvait, et se rapprochait quelquefois de moi en tressaillant, comme si elle avait été saisie d'une peur subite. Cette scène est vague à ma mémoire, et cependant je ne me la rappelle jamais sans frissonner. Elle avait quelque chose du trajet de deux ombres sur la barque des enfers, mais de deux ombres qu'un arrêt anticipé condamne à deux destinées différentes, et qui vont se séparer pour l'éternité. Je m'étais endormi toutefois enfin au bruit monotone de la rame, qui battait les flots en cadence, et au chant mélancolique des bateliers.

Je ne m'éveillai qu'au mouvement des vagues qui annonçait la pleine mer. Le soleil était plus beau que je ne l'eusse vu jamais, le soleil que j'avais cru ne jamais revoir. L'azur du golfe se déroulait sous lui comme un autre ciel, et Venise, avec ses hauts frontons, ses tours, ses dômes et ses clochers, rayonnait à son aspect comme si elle avait été son palais. La plaine immense des eaux était comme un grand parvis de lapis au-devant de la cité miraculeuse. Je croyais sommeiller encore, car j'avais presque oublié de vivre et de jouir de ma vie. La main de Diana reposait toujours dans la mienne ; je me retournai vers elle pour savoir si elle partageait mon enchantement et si elle renaissait ainsi que moi à cette brillante résurrection de la nature. Son regard sans mouvement n'exprimait que le désespoir silencieux que j'y avais lu dans la *Torre Maladetta*. Je me rappelai que, parmi ces faîtes pompeux qui s'éclairaient tour à tour en passant du rose le plus tendre au vermillon le plus vif, et de cette nuance à celle du feu, illuminés comme pour un jour de joie, elle pouvait reconnaître celui de la demeure de son père. Je me rappelai que, moins de trois mois auparavant, le même bâtiment peut-être avait sillé sur les mêmes flots, en la transportant éperdue d'amour sur le cœur de Cinci. Tout cela se représenta vivement à ma pensée; je contins ma folle expansion; je cessai d'être heureux et ravi, je retombai avec une angoisse inexprimable dans les tristesses du monde réel.

Ma main s'était relâchée, car je ne comprenais pas qu'elle eût été si longtemps entrelacée à ses doigts. Je ne sais si Diana m'entendit. Pourquoi pas? Il y a tant de choses dans ce langage! Mais elle me retint. Je la regardai, et je crus voir passer un sourire douloureux sur ses lèvres comme un éclair sur un nuage.

Nous débarquâmes au milieu du peuple agissant et tumultueux des gens de mer.

— Hélas! dit un *nicolotto* qui était debout sur le rivage en attendant un fardeau, c'est la galiote du brave Cinci, celle qu'il a donnée de ses deniers aux pauvres mariniers du Gruaro. Mais le brave Cinci n'y est plus!

— Tais-toi, lui dis-je de manière à couvrir sa voix et en glissant un sequin dans sa main. Prends les paquets qu'on va te donner et porte-les à l'*Annunziata*; mais ne parle pas, sur ta tête.

Heureusement, la vague attention de Diana

était distraite alors par les soins empressés de deux converses qui l'attendaient depuis le point du jour et qui n'avaient tari, les dignes filles, de glorification sur la piété et sur la sainteté de leur couvent, que depuis qu'elles avaient cru comprendre que Diana était folle et qu'elle était muette.

Elles marchèrent devant nous en faisant rouler sous leurs doigts agiles les grains polis du rosaire jusqu'au seuil de la sainte maison. La porte s'ouvrit et on nous introduisit cérémonieusement dans le parloir.

L'abbesse était française. Elle avait été belle parmi toutes les belles et jeunes femmes de l'émigration, et son nom, qui n'est plus écrit que sur une tombe, pauvre Claire!... suffirait seul à sa gloire mondaine, si de telles vertus avaient encore quelque chose de commun avec le monde. Elle me prit les mains avec abandon, avec tendresse, quoiqu'il y eût d'autres sœurs présentes, parce que nous nous étions connus enfants.

— Je sais, cher Maxime, dit-elle, tout ce dont notre sœur bien-aimée vous est redevable. Vous aurez un jour votre récompense, mon fils, si vous la cherchez dans le ciel. Adieu!

Pendant ce temps-là, Diana m'avait regardé avec plus d'attention, comme si elle apprenait seulement à me reconnaître, et puis elle s'était replongée dans sa pensée. Je m'éloignai lentement.

— Maxime! Maxime! s'écria-t-elle enfin d'une voix nette et forte; adieu, Maxime! adieu pour jamais!

Au même instant, deux portes se fermèrent : celle qui la cloîtrait dans cette maison d'asile et de paix, et celle qui me rejetait pour y périr au milieu des troubles et des anxiétés de la vie.

Je marchais sous un soleil ardent, sans but et presque sans pensée. Mon front brûlait. Des idées confuses s'entrechoquaient dans mon esprit; mes jambes mal affermies se dérobaient sous moi. Quand j'arrivai à mon hôtel ordinaire je tombai d'accablement et de douleur, et je perdis connaissance.

Je passai les trois mois suivants dans les alternatives de délire et d'inertie morales d'une fièvre ataxique. Je n'ai su que depuis et par le rapprochement des dates combien cela devait avoir duré. Je ne me rappelle rien.

Je me trouvai enfin en état de partir de Venise le 16 juillet. Mes forces étaient loin d'être rétablies; mais j'avais hâte de me soustraire aux cruelles impressions que tous les objets dont j'étais entouré renouvelaient incessamment dans mon âme. Je sortis à dix heures, quoique l'embarcation ne dût être prête qu'à midi.

Je m'assis, selon mon ancien usage, au-devant du café Florian, dans la galerie de la tour, et je demandai du chocolat.

Il y avait foule à mes côtés ; on lisait les journaux avec empressement, et toute l'insouciance que pouvait m'inspirer le profond affaiblissement de mes facultés ne m'empêcha pas de prêter à ce qui se passait une vague attention. Depuis plus de cent jours, à cette époque mémorable où tous les jours fournissaient une page à l'histoire, j'étais aussi étranger aux événements de la terre que si la trappe de la *Torre Maladetta* ne se fût pas rouverte sur moi. Je savais tout au plus, par quelques paroles du docteur Fabricius, que les espérances de la liberté étaient à peu près perdues pour l'Allemagne comme pour la France, et je m'en souvenais par hasard.

Je jetai donc un regard sur la feuille : c'était le *Courrier de Trieste* de l'abbé Coletti.

On se rapprochait à l'envi pour entendre les dernières lignes du *Bulletin*. J'écoutai.

« La victoire remportée le 6 courant à Wagram, par les armes de l'empereur, dit le lecteur italien avec son accentuation pittoresque et sa déclamation mimique, a détruit pour toujours l'espoir des ennemis de la France et du genre humain.

« Jamais la magnanimité de S. M. I. et R. ne s'est manifestée avec plus d'éclat que dans cette occasion ; elle a couvert de son indulgence les égarements des peuples. Les lois ne frapperont que les factieux.

« Le château où se rassemblaient les conspirateurs, et qui appartenait à Cinci, dit Marius, et surnommé le *Doge de Venise*, a été rasé. On a trouvé dans les souterrains une multitude de cadavres.

« Un infâme agent d'intrigues, nommé Fabricius, mais dans lequel on croit reconnaître l'illuminé Hooschmann, complice d'Arndt, de Palm et de Chasteler, est parvenu à s'échapper jusqu'ici. On est à sa poursuite.

« La tête du lâche et hypocrite André Hofer est mise à prix. Ce monstre, couvert de crimes, ne se dérobera pas au châtiment qui lui est dû.

« Son secrétaire, Joseph Solbiesky, aventurier bohémien, se disant Polonais, a déjà été saisi. Solbiesky est un bandit rusé, féroce, et d'une force peu commune : il en sera fait prompte justice. ».

— Solbioski, dis-je en moi-même, Solbioski féroce et rusé! et les misérables ne savent pas même son nom!

Je me mordais les poings de rage et de désespoir. Oh! pourquoi n'étais-je pas mort à la *Torre Maladetta!*

— Attendez, attendez, messieurs, dit le lecteur en souriant; il y a un petit *post-scriptum* du rédacteur:

« Ce matin 13 juillet, à dix heures et demie précises, au bout de la pointe Saint-André, le traître Joseph Solbiesky a été fusillé en présence d'une population innombrable; ce misérable a montré quelque courage. »

Sceaux. — Imp. Charaire et Cie.

www.ingramcontent.com/pod-product-compliance
Ingram Content Group UK Ltd.
Pitfield, Milton Keynes, MK11 3LW, UK
UKHW031917260826
14628UKWH00003B/1242

9 782019 151331